EAUX THERMALES

DE

HAMMAM-MESKHOUTINE.

EAUX THERMALES

DE

HAMMAM-MESKHOUTINE

ALGÉRIE

PAR L. E. MOREAU (de Thuin)

Docteur en Médecine, Maître en Pharmacie
Chevalier des ordres de la Légion d'honneur et de François 1er
Médecin des établissements civils
Membre de la Chambre consultative d'agriculture de la province de Constantine, Conseiller municipal
Membre du Conseil d'hygiène et de salubrité de Bône
Membre de plusieurs Sociétés savantes, &c.

BONE

IMPRIMERIE DE DAGAND.

Janvier 1858.

VUE DE HAMMAM - MESKOUTINE,
et du projet d'un établissement Thermal.

EAUX THERMALES

DE

HAMMAM-MESKHOUTINE.

I.

HAMMAM-MESKHOUTINE.

Les sources thermales d'Hammam-Meskhoutine sont situées au milieu d'un triangle formé par les villes de Constantine, Philippeville et Bône, à quatre-vingt-quatre kilomètres de cette dernière, et à dix-huit kilomètres de Guelma, à une altitude de trois cents mètres au-dessus du niveau de la mer.

Elles étaient en grande faveur chez les Romains, sous le nom de *aquæ tibilitanæ*, nom qu'elles avaient reçu de l'ancienne *Tibili*, dont les ruines se trouvent à proximité des eaux. De nos jours, elles ont, chez les indigènes de la province, une grande célébrité qu'elles doivent non-seulement à leurs propriétés curatives, mais encore aux légendes merveilleuses dont elles sont l'objet.

Le nom donné par les Arabes à cette localité est écrit de bien des manières; on trouve dans les auteurs :

Hammam-Secut,

Hammam-Mezoutin,

Hamam-el-Mascoutin,

Hammam-Mescoutin,

Hammam-Meskouteen,

H'ammâm-Meskhout'in,

Hammam-Mez-Koutin,

Hammam-Meskhoutin,

Hammam-el-Meskhoutine.

D'une autre part, les traducteurs ne sont pas d'accord sur la signification grammaticale du mot El-Meskhoutine; on le trouve traduit par

Les bains de la colère de Dieu,

Les bains enchantés,

Les bains maudits,

Le bain des damnés.

Nous aurions voulu, à ce sujet, nous conformer aux indications du philologue et savant professeur Cherbonneau, dont le nom fait autorité; il écrit *Hammam-el-Meskhoutine*, qu'il traduit par *le bain des damnés*. Mais l'usage ayant fait adopter *Hammam-Meskhoutine,* plus euphonique, que l'on retrouve dans toutes les pièces administratives et dans la plupart des écrits, nous avons cru devoir nous y conformer.

Après de longs siècles de barbarie et d'un oubli presque absolu, la conquête française rend successivement aux richesses du sol de l'Algérie l'antique valeur qu'elles avaient sous la domination romaine. L'emploi médical des eaux thermales d'Hammam-Meskhoutine en présente en ce moment un exemple frappant. Des restes de murailles, d'énormes blocs de pierres taillées, des débris de colonnes, de chapiteaux, de portiques, de vastes et nombreuses piscines attestent encore aujourd'hui la splendeur de cet établissement romain. La magnificence des édifices qu'ils élevaient partout où ils rencontraient des sources minérales, leur passion pour les bains, nous obligent à reconnaître, même par ces ruines et ces débris informes, l'importance et la somptuosité des *aquæ tibilitanæ*, qui devaient être le rendez-vous général des malades et des amateurs de bains.

Il semblerait, aux nombreuses ruines éparses à d'assez grandes distances, que la richesse des sources thermales qui jaillissent du plateau l'avait transformé en un lieu de plaisance que l'on pourrait comparer aux établissements modernes de France et d'Allemagne, et que beaucoup de ces restes auraient été des maisons de campagne et des villas.

Enfin, si l'on en juge par les nombreuses ruines qui existent près des griffons, ces eaux durent avoir, sous la domination romaine, une extrême importance, qu'elles sont, nous l'espérons, à la veille de recouvrer.

Parmi les nombreuses richesses naturelles que possède notre province, il n'y en a peut-être pas de plus digne d'attention et d'étude que les eaux minérales d'Hammam-Meskhoutine. Si leur réputation ne s'est pas encore étendue, il faut l'attribuer à leur situation reculée, au manque de voies de communication, aux inconvénients actuels du séjour, au défaut de publicité des résultats obtenus, etc; cependant, on ne peut douter qu'elles ne soient à la veille de se placer au premier rang des établissements thermaux. Elles jouissent, dans la province, de temps immémorial, d'une réputation sans égale ; elles sont très-fréquentées par les indigènes, qui leur attribuent des propriétés spécifiques et une grande efficacité contre les affections chroniques de la peau, les vieux ulcères et les maladies syphilitiques constitutionnelles, si fréquentes parmi eux.

II.

LÉGENDES.

Les Arabes sont, en général, très-superstitieux; ils portent toujours sur eux quelque passage du Koran enveloppé dans une bourse en cuir ou en étoffe; ils en attachent même au cou de leurs chevaux. Ils sont persuadés que la vertu de ces amulettes doit les préserver des sortiléges et des maladies. On en voit même qui avalent, après quelques paroles sacramentelles, un verset du Koran écrit sur un morceau de papier, comme un spécifique contre la fièvre. Ils croient fortement aux sorciers. C'est une opinion reçue chez eux, que la plupart des maladies viennent de ce qu'on a offensé les Djenoun (gnomes), qui sont des êtres imaginaires répondant parfaitement aux fées de nos ancêtres.

En cas de maladies, ils cherchent à les apaiser et à se les rendre favorables en leur immolant des victimes. Leurs autels en plein air, représentés par quelques grosses pierres placées près des sources, ont leurs prêtres ou sacrificateurs. Avant d'être immolée, la victime doit être purifiée. On l'immerge d'abord ; puis, pendant la durée du sacrifice, l'on la parfume, elle et les sources, avec de l'encens et divers aromates, qu'on brûle ensuite sur des réchauds.

Quand les victimes sont des quadrupèdes, des chèvres, des moutons, etc., on les soumet à des onctions d'huile et de feuilles de henné. Après les onctions, on administre à l'animal une préparation où entre le lait ou la crême et diverses substances aromatiques. Si les victimes sont des volatiles, avant de les immoler on les promène plusieurs fois autour de la tête du patient.

Ces premières cérémonies terminées, le sacrificateur, tourné vers l'Orient, auquel il présente le tranchant du couteau sacré, appuie le pied gauche sur le corps de la victime, puis il en assujettit la gorge de la même main et la lui coupe de l'autre.

A peine les volatiles ont-ils cessé de vivre, que les assistants se hâtent d'en détacher les plumes, de les faire voltiger sur les sources, et les femmes mêmes ne manquent pas d'en emporter une certaine quantité pour les convertir en amulettes.

Les victimes sont fournies aux sacrificateurs par les malades, ou, en leur nom, par d'autres personnes, ordinairement par des parents. Lorsque le malade est lui-même présent, le sacrificateur le marque au front du sang de la victime, si la maladie est générale, et sur les parties souffrantes, si elle n'est que locale.

Les animaux immolés sont repris par les malades qui les mangent, eux et les leurs.

Les prêtresses (ordinairement des négresses) entretiennent la lumière des cierges qui brûlent autour des sources, qu'elles parfument de temps à autre, en passant à la surface de l'eau les réchauds d'où se dégagent les parfums des aromates qui servent à purifier les victimes. Les malades boivent de cette eau et s'en lavent les diverses parties du corps; d'autres en recueillent dans des vases pour en faire ailleurs le même usage. Il faut bien que les eaux aient produit des guérisons pour qu'elles soient devenues ainsi l'objet d'un culte superstitieux de la part des indigènes.

Le bruit souterrain que l'on entend en passant sur le plateau des sources d'Hammam-Meskhoutine est attribué, par les indigènes, à la musique des Djenoun, qui habitent particulièrement les profondeurs de ces lieux et sont cause de tout ce qui s'y passe d'extraordinaire; ils sont persuadés que ces êtres surnaturels s'opposeront à notre établissement dans cette contrée, et que les monuments, dont les ruines sont éparses de toute part, ont été détruits par la force de leurs enchantements.

Il en est qui prétendent que les cônes sont des tentes de leurs ancêtres qui ont été pétrifiées, et que ceux qui ont des formes irrégulières étaient autrefois des brebis, des chameaux, des chevaux, ou bien des hommes, des femmes et des enfants qu'ils supposent avoir eu le même sort que les tentes.

Les larges pierres, débris de la civilisation romaine, semées sur ce sol éternellement jeune et fécond, excitent la curiosité de nos archéologues, qui ne sont pas toujours d'accord entre eux pour retrouver le sens de leurs inscriptions mutilées. Pour les Arabes, chacune de ces pierres est un coffre où les Romains ont enfermé des trésors; mais ils en ont remporté les clefs, et les chrétiens peuvent seuls ouvrir ces mystérieuses cassettes.

Les eaux minéro-thermales d'Hammam-Meskhoutine s'élèvent jusqu'à une température de 95 degrés. Elles contiennent, à l'état de solution, des sels calcaires qui forment d'abondants dépôts là où chaque source jaillit de terre. Les dépôts affectent des formes coniques d'apparence bizarre, dont la hauteur s'élève quelquefois jusqu'à dix mètres. On comprend qu'un pareil phénomène ait vivement frappé la curiosité populaire et prêté au merveilleux. Aussi, quelles touchantes et terribles histoires! que de tendres amours! quels châtiments épouvantables!

Ecoutez plutôt ce récit (1), que nous reproduisons presque dans les mêmes termes où il nous fut raconté, le soir, sous la tente, par une belle nuit d'été :

« Brahim et Fatma avaient deux enfants, dont trois moissons avaient à peine séparé la naissance. Ali, le premier né, était, à quinze ans, le plus beau cavalier de sa tribu. Nul, mieux que lui, ne domptait un cheval fougueux; il excellait à lancer un trait à la course, à frapper de mort l'hyène ou la panthère; et ce courage si brillant n'effaçait en lui aucune des grâces naïves de la jeunesse.

» Aurida (Rose), sa sœur, était belle comme la fleur dont elle portait le nom, fraîche comme la rosée du matin; ses pieds étaient légers comme les pieds de la gazelle; ses mains étaient douces et blanches comme le lait; ses yeux noirs étincelaient comme une étoile au sein des nuits.

» Ils s'aimaient tous deux d'un amour tendre et pur. Les premières ardeurs de la jeunesse, loin d'affaiblir ce lien sacré, les resserrèrent de plus en plus. Vainement les jeunes filles de la tribu provoquaient Ali du regard et du sourire; vainement dans les fantasias bruyantes Aurida se voyait entourée des hommages des jeunes cavaliers, amis de son frère; leurs deux cœurs demeuraient insensibles. Pour Ali, nulle fille n'égalait en beauté Aurida; et, de son côté, Aurida se disait tout bas que nul homme n'était comparable à son frère.

---

(1) Extrait de Mac Carty.

» Déjà à ce sentiment si tendre qui remplissait leurs âmes se mêlait un trouble secret. Aurida rougissait sous les baisers de son frère ; Ali était tremblant comme une tige d'asphodèle lorsqu'il tenait dans sa main la main brûlante de sa sœur. Bientôt la révélation fut complète : cet amour, jusque-là si touchant, si noble et si pur, ne fut plus qu'une passion incestueuse et coupable.

» Qui le croirait ? Leurs parents ne cherchèrent point à éteindre ces feux sacriléges. C'est que Brahim était riche et possédait d'immenses troupeaux qui couvraient les rives du Chedakra, lorsqu'ils venaient le soir s'y désaltérer, avant de rentrer dans le cercle du douar. Ces tentes, ces bœufs, ces esclaves, toutes ces richesses de Brahim n'auraient donc point à subir de partage si le frère et la sœur s'unissaient dans un hymen incestueux.

» Cependant, Amar, le cadi, était un homme de bien, juste et soumis à la loi de Dieu ; il résista aux coupables intentions de Brahim, aux prières d'Ali, aux larmes de la jeune fille.

» Horreur ! un matin, le cadi fut trouvé mort dans sa tente, et on ne put découvrir la main qui l'avait frappé.

» Le vertueux Amar eut pour successeur un homme puissant et considéré, lié d'amitié avec Brahim depuis de longues années.

» Bientôt le mariage d'Ali et d'Aurida fut publiquement annoncé, et le cadi ne refusa pas de prêter ses mains à l'accomplissement de cette union coupable.

» Les préparatifs de la noce se font avec éclat ; devant le luxe déployé par le vieux Brahim, la conscience publique se tait et s'apaise. En présence de ce couple charmant, émus de tant d'amour, les jeunes hommes et les jeunes femmes trouvent des paroles d'indulgence et de pardon. Le jour est fixé ; de toutes parts arrivent des cavaliers revêtus de leurs plus beaux costumes ; des tentes

hospitalières, aux couleurs éclatantes, s'élèvent au loin
dans la plaine par les soins des esclaves de Brahim ; de
grands feux, allumés çà et là, préparent d'incessants
festins ; le kouskoussou bouillonne dans des vases immenses, les bœufs et les moutons rôtissent tout entiers
sur la braise. Les jeunes gens marient leurs chansons aux
bruits de la fantasia ; le hennissement des chevaux, les
cris de la foule se mêlent aux sons aigus du thoul et de la
derbouka.

   » Silence ! voici le cortége ! Voyez la fiancée, comme
elle est belle et comme elle éclipse cet essaim de jeunes
filles qui se pressent autour d'elle, toutes parées de leurs
plus beaux pendants d'oreilles et de leurs colliers de
girofle parsemés d'ambre et de corail. Entendez ces cris
joyeux, ces chants d'amour et de fête ? Que parliez-vous
de crime et d'inceste ? Tenez ! jamais le ciel ne fut plus
pur, jamais les rayons du soleil ne dorèrent d'un plus vif
éclat la cime des bois et le gazon des plaines. Dieu lui-
même, en faveur de tant de beauté et de tant d'amour,
de tant de grâce et de tant de jeunesse, pardonne à cette
union inaccoutumée.

   » .... Non ! Dieu ne pardonne pas ! Tout-à-coup le
ciel s'obscurcit ; l'éclair sillonne et déchire la nue ; le
tonnerre gronde avec fracas ; la terre tremble et menace
de s'entr'ouvrir. On fuit en désordre, on se presse, on se
heurte ; mais, dans ce moment suprême, les deux amants
n'ont point oublié leur amour ; Ali presse sa fiancée dans
ses bras et semble défier la colère céleste.

   » Tenez ! les voyez-vous encore, s'étreignant dans un
dernier baiser. Ces corps qu'animaient naguère tant de
jeunesse et tant d'amour ne sont plus maintenant que
deux pierres colossales, monuments éternels du châtiment
divin !

   » Auprès d'eux, cette pierre plus élevée, c'est le cadi,

victime de sa coupable indulgence; on le reconnaît encore au turban qu'il portait sur la tête.

» Derrière Aurida, voyez-vous le chameau qui portait ses présents de noce; et, plus loin, Brahim et Fatma, qu'une étreinte convulsive a rapprochés en mourant.

» Et cette foule foudroyée, ces musiciens dont la tempête a brisé les instruments; ces serviteurs, ces vierges immobiles, ces tentes pétrifiées, tout enfin, tout atteste et la grandeur du crime, et la puissance du châtiment!

» Et pour que les hommes ne perdent pas la mémoire de cette punition solennelle, pour que sans cesse la colère céleste se montre présente et inassouvie, Dieu permet que les feux du festin brûlent éternellement, qu'une fumée épaisse, des eaux brûlantes jaillissent du sein de la terre, et que des grains blancs, pareils à ceux du kouskoussou, couvrent le sol désolé. »

Savez-vous une explication scientifique qui vaille ce poème grandiose? Que nous font les sels alcalins, les eaux thermales, les cônes superposés, auprès du souvenir touchant d'Ali et de sa fiancée, de leur amour naïf, auprès de cette catastrophe épouvantable, imprévue!

Mais les eaux thermales elles-mêmes, savez-vous qu'elle est l'origine que leur attribuent les Arabes?

« Le roi Salomon avait construit des bains sur toute la terre et en avait donné la garde à des génies qui étaient à la fois aveugles, sourds et muets, afin qu'ils ne pussent ni voir, ni entendre, ni redire ce qui se passait dans ces bains merveilleux. Or, le roi Salomon, malgré sa sagesse proverbiale, est mort comme un simple mortel qu'il était, et, depuis lors, personne n'a pu faire comprendre aux génies que leur maître était mort, et ils continuent à chauffer les bains, ainsi que Salomon le leur avait pres-

crit. Voilà pourquoi il y a des eaux constamment bouil-
lantes à Hammam-Meskhoutine, qu'on appelle bain des
damnés. »

III.

ITINÉRAIRE.

La route de Bône à Hammam-Meskhoutine permet au voyageur curieux de traverser l'une des hautes chaines de l'Atlas au col du Fedjouje, parallèlement avec l'ancienne voie romaine qui conduisait d'Hippone à Cirta (Constantine), et de remonter la belle vallée de la Seybouse, qui s'étend de Guelma à Mjez-Amar. La beauté de cette contrée saisira l'étranger d'admiration jusqu'à son arrivée sur le plateau des eaux thermales.

En partant de Bône, on suit une belle route empierrée jusqu'à Guelma ; à deux kilomètres, on traverse la rivière Bou-Djema sur un ancien pont romain, en vue du magnifique mamelon où reposait la célèbre ville d'Hippone ; ce mamelon est placé entre la rive gauche de la Seybouse et la rive droite de la Bou-Djema ; une petite route bien ombragée passe au pied du monticule, sur lequel la tradition place le couvent de saint Augustin, et où l'on trouve, assez bien conservées, les ruines de vastes citernes romaines. C'est là qu'un monument, élevé à saint Augustin, a été inauguré, en 1842, par sept archevêques et évêques venus de la métropole pour assister à cette imposante cérémonie. De vastes ruines répandues autour du mamelon attestent la grandeur et l'importance que cette ville devait avoir.

On passe ensuite par l'établissement moderne des hauts-fourneaux de l'Alélick, où l'on traite le minerai de fer oxidulé, si abondant dans les montagnes voisines. Suivant M. Fournel, les gisements des monts Bou-Hamra et Belelieta sont supérieurs à ceux du mont Taberg qui, à lui seul, est une des principales richesses de la Suède.

Au douzième kilomètre, on trouve le village de Duzerville, dont le nom rappelle une de nos gloires militaires qui fit la conquête de la province et l'administra si paternellement pendant plusieurs années. A partir de ce village, la route traverse, en ligne droite, la riche plaine de Dréan jusqu'au vingt-sixième kilomètre. A peu de distance, à droite, on aperçoit la vaste étendue du lac Fezzara, couvert d'oiseaux aquatiques de toute espèce, qui n'a pas moins de onze mille hectares de superficie; derrière le lac, la chaîne si remarquable du mont Edough, dont les cimes atteignent, au Bou-Zizi, mille quatre mètres de hauteur. La plaine de Dréan se continue vers La Calle, vers Guelma, vers Philippeville, par de larges défilés qui en maintiennent l'unité sur une étendue de cent cinquante à deux cents lieues carrées de terres cultivables. Puis, la route fait des contours pour cotoyer des mamelons couverts de groupes assez compacts et de larges buissons de lantisques, de myrthes et d'oliviers sauvages que l'on retrouve jusqu'au village de Penthièvre (trente-troisième kilomètre), lieu de relai des diligences, à l'hôtel Leroi, où l'on trouve habituellement bonne table et bon vin.

Elle traverse alternativement de belles plaines et des parties boisées jusqu'au joli village de Nechmeya (quarante-troisième kilomètre), assis dans un bassin très-fertile et formé par une colonie allemande. Dans ce trajet, on remarque les premiers contreforts de l'Atlas qui bornent les plaines au sud. On gravit ensuite, côte à côte avec la voie romaine, une pente assez raide coupée dans le flanc du Fedjouje, pour arriver à une gorge de cette montagne, d'où l'on découvre un vaste horizon de vallées cultivées et de montagnes lointaines ; l'une de celles-ci, la Mahouna, a été le champ des principaux exploits du chasseur de lions Gérard. Quand on commence à redescendre dans le bassin de la Seybouse, on aperçoit, au loin, la ville de Guelma, blanche, coquette et bien assise au milieu d'une plaine fertile.

La route contourne le Fedjouje, dont le sommet est à cinq cents mètres au-dessus du niveau de la mer ; elle descend dans la vallée d'Hammam-Berda, où elle traverse un autre village allemand nommé Bou-Sbah. On remarque, au cinquante-septième kilomètre, à gauche de la route, des restes d'établissements et un bassin en ruines de construction romaine ; cette piscine, de forme elliptique, à un diamètre de trente-six à quarante mètres ; elle est alimentée par des sources puissantes qui sourdent du fond du bassin, d'une eau très-pure, à la température de trente degrés, contenant des proportions très-faibles de matières salines ; elle est limpide, inodore et de saveur agréable.

Elle gagne bientôt le verdoyant village d'Héliopolis, où se trouvent de vastes établissements de minoterie qui fournissent des farines à tout l'arrondissement et en exportent même au-dehors ; ils ont pour moteur les eaux du ruisseau d'Hammam-Berda, lesquelles servent si utilement aux irrigations des frais jardins de ce riche village, dont on admire les beaux fruits. Elle descend vers la Seybouse, que l'on traverse sur un pont de bois et remonte jusqu'à Guelma, ancienne Calama (soixante-quatrième kilomètre).

Cette petite ville, bien alignée et bien bâtie, repose sur les ruines immenses et grandioses de plusieurs cités successivement détruites après avoir brillé de splendeur. On y découvre des inscriptions puniques sur les pierres des monuments romains, dont nous construisons nos édifices et nos maisons.

De Guelma à Hammam-Meskhoutine, on remonte d'abord la rive droite de la Seybouse pendant sept ou huit kilomètres, par une route empierrée qui s'arrête à un gué que l'on traverse pour gagner le chemin de Constantine, près de l'orphelinat de Mjez-Amar. De cet établissement, deux chemins conduisent aux eaux thermales : l'un traverse la rivière Bou-Hamdan, presque immédiatement, sur un pont à l'américaine, un peu au-dessus de la réunion de cette rivière à l'Oued-Scherf, où elle prend le nom de Seybouse. Ce chemin est carrossable dans toute son étendue. L'autre, qui ne sert qu'aux piétons et aux cavaliers, remonte, par un bois assez bien fourni, la rive gauche du Bou-Hamdan, que l'on passe à un gué. Ces deux chemins se réunissent sur un plateau, d'où on reconnaît, au loin, l'emplacement des sources chaudes aux colonnes de vapeur qui s'en détachent et qui s'élèvent à une grande hauteur, et à une infinité de cônes épars de diverses hauteurs, formés d'incrustations calcaires que les sources chaudes ont déposées.

On arrive bientôt, en parcourant un sol d'une grande ressonnance, sur l'emplacement des sources mêmes, que l'on voit sourdre autour de soi, en gros bouillons, comme sortant d'une chaudière en ébullition. Elles répandent une odeur hydrosulfureuse qui se révèle déjà à plusieurs centaines de mètres de distance.

Pour se rendre de Philippeville à Hammam-Meskhoutine, la distance est à peu près la même que de Bône; une belle route conduit jusqu'à Jemmapes; de là un bon

chemin carrossable, pendant toute la belle saison, se
porte jusque sur les bords de la Seybouse, où il rejoint la
route de Bône à Constantine, entre Guelma et Mjez-Amar,
à environ dix kilomètres de l'établissement thermal.

IV.

TOPOGRAPHIE.

Les eaux si remarquables d'Hammam-Meskhoutine sont situées dans l'un de ces petits coins richement dotés par la nature, où l'on trouve des sites curieux, un sol des plus fertiles, une végétation arborescente variée et vigoureuse, de l'air pur, de bonne eau, une campagne giboyeuse ; le tout encadré d'une muraille de rochers formés par les dépôts séculaires des sources thermales successivement déplacées.

Sur cette terre, incessamment désolée depuis tant de siècles, le paysage ne le cède en rien pour la fertilité du sol, la beauté et la variété des sites, au plus grand nombre des localités privilégiées que recommandent des thermes fastueux.

On est frappé d'admiration lorsque, en quittant Mjez-Amar, on découvre, au loin, les cônes qui se détachent en masses grises sur un fond vert, au milieu d'abondantes vapeurs qui s'élèvent des sources thermales et se dispersent au gré des vents.

Arrivé sur le plateau des sources, l'œil se repose sur des massifs verts d'oliviers, de lantisques, de lauriers roses entrelacés de vignes gigantesques, tandis que les eaux bouillonnent et murmurent en sortant du sein de la terre, pour former de magnifiques cascades roulant sur un vaste tapis de stalagmites aux couleurs les plus variées, et venir tomber, bouillonnantes, dans un beau vallon boisé, où elles se mêlent aux eaux froides du ruisseau Chedakra; celui-ci se jette, à cinq cents mètres plus bas, dans la rivière Bou-Hamdan. La puissance de ce ruisseau, résultant du volume d'eau qu'il débite et de la pente de son cours, qui est de vingt-huit mètres de chute sur cinq cents mètres de parcours, permettrait d'y établir de grandes usines.

De nombreux cours d'eau arrosent les environs d'Hammam-Meskhoutine : le principal, l'Oued-bou-Hamdan, court de l'ouest à l'est, encaissé dans des berges d'une grande élévation, coupées à pic dans le grès et le calcaire. En été, ce n'est guère qu'un gros ruisseau, mais en hiver c'est un torrent impétueux roulant des galets dans un lit de plus de trente mètres de largeur. Cette rivière est formée par la réunion de l'Oued-Zenati et de l'Oued-Allegah; elle coule à environ cinq cents mètres de l'établissement thermal. Plusieurs ruisseaux d'eau froide entourent l'emplacement des eaux chaudes; ils se nomment : Ben-Saïd, El-Aïoun, Ben-Ali, Oued-Zidda, enfin, l'Oued-Chedakra, grossi par les eaux des cascades. Tous ces ruisseaux sont des affluents du Bou-Hamdan; ils sont formés par une foule de sources et de fontaines d'eau fraîche et pure, et par les sources chaudes que l'on rencontre sur beaucoup de points du périmètre de la vallée. Toutes les sources chaudes jaillissent sur la rive droite du Chedakra, il n'en existe pas sur la rive gauche qui ne soient froides.

Quand on remonte le cours de l'Oued-Chedakra, on lui trouve, au-dessous des grandes sources chaudes, une température de quarante-cinq degrés; au-dessus de leur affluent, elle n'a plus que la température ordinaire, et l'on boit son eau fraiche sans lui trouver de mauvaise qualité; mais en continuant à remonter, on observe qu'elle s'échauffe graduellement jusqu'à un kilomètre de distance, où elle reçoit l'eau de nouvelles sources brûlantes, auprès desquelles on remarque quelques cônes, beaucoup de ruines et plusieurs bassins, trop élevés au-dessus des sources actuelles, pour avoir jamais pu être alimentés naturellement de leurs eaux.

En descendant ce même ravin vers le Bou-Hamdan, on suit l'Oued-Chedakra, qui alimente plusieurs moulins à farine, d'une forme originale et primitive très-remarquable, exploités par des indigènes. On y trouve de très-belles grottes et des débris de monuments, tels que des fûts de colonnes et des chapiteaux roulés dans les profondeurs du ravin.

La vallée d'Hammam-Meskhoutine est limitée assez régulièrement par une série de montagnes qui s'élèvent par gradins de mille à douze cents mètres au-dessus du niveau de la mer. Des rivières, des ruisseaux, des montagnes, des collines, des vallées, de gigantesques rochers, une belle et riche végétation leur donnent un aspect des plus variés.

Cette vallée est une des parties les plus curieuses et les plus pittoresques de l'Algérie ; les soulèvements du sol attestent que, dans des siècles reculés, cette contrée, si paisible et si fertile, fut bouleversée par d'affreux cataclysmes. Aussi, ne sera-t-elle pas moins visitée par les touristes que par les malades. L'étranger qui arrive à Hammam-Meskhoutine ne saurait se lasser d'admirer les sites qui entourent cette station et son climat si favorisé.

Les principales montagnes sont :

Le Djebel-Deback, montagne nue et dépourvue de végétation; elle est située directement au nord et n'offre rien de remarquable.

Le Djebel-Mtaïa, au nord-ouest, où l'on trouve une grotte profonde nommée Dhamous-Djemâa, dont M. Fournel donne une description (1). C'est un lieu sauvage, éloigné des routes et d'un accès difficile. L'entrée de la grotte est assez étroite, elle regarde le nord. A peine a-t-on fait quelques pas dans l'étroit défilé par lequel on entre, qu'on descend une pente très-rapide pour arriver bientôt à une vaste excavation vers laquelle se ramifient des conduits resserrés, dont un, situé à la partie inférieure, peut être suivi pendant un très-long temps, au milieu de mille difficultés et en s'approfondissant toujours. Tout l'intérieur est hérissé de stalactites et de stalagmites qui prennent des proportions vraiment gigantesques. Çà et là se trouvent des excavations dont la profondeur est inconnue et autour desquelles il faut passer avec précaution, en s'éclairant au moyen de torches. Les parois de l'entrée sont couvertes d'inscriptions illisibles et de croix grossièrement gravées dans la pierre. Selon toute apparence, cette grotte a servi de refuge aux chrétiens, à l'époque où les Vandales exercèrent leurs persécutions. L'imagination des Arabes fait communiquer cette grotte avec les villes de Constantine et de Guelma.

Un touriste de nos amis a voulu dernièrement s'assurer de la profondeur de cette grotte. Après avoir fait les approvisionnements de bouche et de lumière pour la journée, et s'être muni d'une ficelle qui pouvait avoir mille mètres de longueur, il s'introduisit dans la grotte

______

(1) *Richesses minérales de l'Algérie.*

avec son domestique. Sa ficelle, qui devait le guider dans ce labyrinthe, fut attachée à l'ouverture, et tout en s'enfonçant dans les profondeurs de l'antre, il la déroula jusqu'à son extrémité sans avoir atteint le fond de la grotte. Irrité de cet insuccès, il renouvela sa tentative; il se munit de nouvelle ficelle qu'il attacha à l'extrémité de la première, et, après deux jours passés dans l'antre et mille difficultés vaincues, il arriva à l'extrémité de sa seconde ficelle, sans avoir atteint son but. Dès-lors, il renonça à cette périlleuse entreprise.

On a découvert, dans cette montagne, des gisements métallifères d'antimoine sulfuré et de mercure sulfuré.

Au sud, on aperçoit le Ras-el-Akba, vaste plateau terminé par un dôme, dont la hauteur est de treize cent vingt mètres. C'est sur ce plateau qu'existent les belles ruines d'Anouna, qui seraient, selon certains auteurs, les ruines de Tibili ou Thibilis des anciens, ville immense qui aurait donné son nom, *aquæ Tibilitanæ*, aux eaux d'Hammam-Meskhoutine.

Les vallées principales sont celles que parcourent l'Oued-bou-Hamdan, l'Oued-Scherf et leur affluent la Seybouse. Elles sont largement ouvertes et suivent des directions indiquées par le cours de ces rivières. Entre elles s'élèvent successivement de nombreuses collines séparées par des ravins plus ou moins profonds. Le sol de ces vallées est extrêmement fertile, il donne une qualité de blé qui est la plus estimée sur nos marchés.

C'est avec étonnement que dans le ruisseau Chedakra, après qu'il a reçu les eaux chaudes des cascades, où la main ne peut supporter la chaleur encore brûlante, on aperçoit des poissons (barbeaux) et des crabes qui nagent et se tiennent vers le fond. Ces poissons vivent dans la couche inférieure, où l'eau n'a pas une température aussi élevée qu'à la surface. La différence de pesanteur spécifique de l'eau chaude et de l'eau froide fait que le mélange n'a lieu que beaucoup plus bas. Cette particularité a été remarquée avant nous par M. l'ingénieur Fournel et par M. Tripier, pharmacien, qui a fait l'analyse des eaux.

Il est curieux aussi de voir les lauriers-roses se développer admirablement et présenter une floraison hâtive au bord d'une eau qui a de quarante-huit à cinquante degrés de chaleur.

Ce site est l'un des plus beaux de la province; la vue se perd d'un côté dans la vallée où serpente le Bou-Hamdan, dominé par des massifs boisés qui s'étendent jusqu'à Mjez-Amar; de l'autre côté on distingue une gorge profonde coupée entre deux montagnes, par où la rivière débouche dans la vallée. Vers le nord, on découvre, sur le versant peu rapide des montagnes, des champs ou s'étalent de magnifiques moissons de blé et d'orge; la plus grande partie du sol est en culture et le pays est abondamment pourvu d'arbres.

Les environs des sources présentent déjà une belle végétation arborescente; des irrigations bien entendues, l'aménagement et la distribution convenable des eaux, aujourd'hui perdues, transformeront, en activant de nouvelles plantations, ces collines en un séjour des plus riants qui se puissent rencontrer. La nature semble avoir accumulé tous les éléments nécessaires à cette brillante métamorphose.

Les indigènes de cette contrée sont doux et pacifiques, ils recherchent peu les relations avec nous, mais ils nous laissent, avec une entière sécurité, parcourir les environs d'Hammam-Meskhoutine; ils fournissent l'établissement de beurre, d'œufs, de lait, de volailles, etc.

Le territoire habité par les tribus n'est nullement en rapport avec la population; il suffirait, par son étendue, aux besoins d'une population centuple.

V.

CLIMAT.

Ce qui manque aux eaux minérales de l'Europe, pourtant si riches et si variées, ce que rien au monde ne saurait leur donner, c'est un climat tempéré durant les mois d'hiver. Dès que l'été finit, on les déserte : la fraîcheur des nuits, l'abondance des pluies en troublent les effets; septembre arrive, et la saison est close.

Le médecin lui-même prescrit aux malades de partir; c'est en vain que la cure est heureusement entamée, le baigneur sent que le mal s'affaiblit graduellement, que les forces et la santé lui reviennent; il est à mi-chemin de la guérison; deux ou trois mois encore d'usage couronneraient l'œuvre des eaux; mais comment faire jusqu'à l'été prochain? Il faut partir; la décision est inexorable; il faut reprendre l'air, l'habitation, et, plus ou moins, les habitudes, le régime, les relations, les affaires, le travail, le plaisir et toute l'existence qui est, en quelque sorte, le foyer même où le mal a pris naissance. En un mot, on abandonne le remède et l'on retourne à la maladie.

Une lacune aussi considérable dans la thérapeutique des eaux n'a pas échappé à quelques observateurs. Lallemand, un des médecins les plus sagaces de notre époque, a contribué de tout son pouvoir à fonder, au Vernet, un établissement thermal dans lequel les malades continueraient l'usage des eaux durant l'hiver.

On a fait un essai pareil aux eaux d'Amélie-les-Bains. Les résultats qu'on y obtient sont généralement favorables, mais ils ne sont pas décisifs. La faute en est au climat du Vernet et d'Amélie-les-Bains, établissements situés tous deux, dans le Roussillon, à quelques lieues de Perpignan. Quoi qu'on y ai fait, les malades n'y échappent pas au froid. Sans doute, c'est toujours un grand avantage pour un valétudinaire de remplacer un hiver du nord par un hiver du midi de la France; mais qu'il y a loin de là à notre contrée, où règne, durant toute la période hivernale, une inaltérable douceur de température et d'atmosphère ! C'est ici que l'hiver n'existe pas et qu'on doit réaliser l'idée bienfaisante et logique de continuer la cure des eaux minérales, sous un climat tempéré, exempt de neiges, de gelées et de frimas. Dans aucune direction, on ne saurait se transporter plus rapidement au sud, pour échapper aux rigueurs de la saison. On laisse bien loin Nice, Hyères, et jusqu'aux dernières côtes de l'Espagne et de l'Italie. La transformation du climat est complète, et, grâce aux grandes lignes ferrées, grâce à la vapeur, en trois jours on se rend en Algérie des points les plus extrêmes de la France (1).

Comme dans toute l'Algérie, notre climat est naturellement chaud; mais, comme tous les climats de la terre, il est singulièrement modifié par la constitution physique

---

(1) Extrait d'une note de M. le Dr Millon.

du pays : d'une température élevée dans les plaines basses et sablonneuses du midi, moyenne et agréable dans les montagnes, elle devient très-froide en hiver sur les plateaux du nord; l'influence de l'élévation du sol est telle, qu'on a vu, dans cette Afrique, au nom de laquelle se rattache toujours l'idée d'une chaleur torride, nos soldats, dans plusieurs expéditions, avoir moins à lutter contre les Arabes que contre les rafales de neige et contre un froid qui, en gelant les pieds d'un grand nombre d'entre eux, laissa ainsi des traces profondes de son intensité.

Les grandes chaleurs de l'été ne commencent à se faire sentir que dans le mois de juillet, et elles continuent jusqu'à la fin de septembre; pendant ce temps, le thermomètre se soutient presque toujours, à l'ombre, au milieu du jour, entre 25 et 31 degrés; lorsque le vent souffle du sud (sirocco), il monte jusqu'à 32, 34 et quelquefois 35. Mais, heureusement, il ne se tient jamais longtemps dans cette direction : c'est quelques heures, d'autres fois un jour, et jamais au-delà de trois jours.

Les chaleurs de l'été seraient insupportables si elles n'étaient tempérées par une brise fraîche qui s'élève, à Hammam-Meskhoutine, vers neuf ou dix heures du matin. Cette brise augmente dans la journée, diminue ensuite à proportion que le soleil s'abaisse; elle tombe tout-à-fait aux approches de la nuit. Alors un calme absolu règne sur toute la contrée et amène une fraîcheur délicieuse.

L'hiver offre l'image du printemps : dès le mois de novembre, les champs se couvrent de verdure et de fleurs; le thermomètre se maintient ordinairement entre 10 et 20 degrés au-dessus de zéro. Les pluies commencent à tomber en octobre et continuent, par intervalles, jusqu'en avril. Plus elles sont abondantes, plus on a l'espoir d'une heureuse récolte. Elles sont toujours annoncées par le vent du nord-ouest, qui se déchaîne quelquefois avec violence. Dès le mois d'avril, les nuages disparaissent, et le ciel est presque toujours serein jusqu'au retour de l'hiver.

Lorsque le ciel est pur et les vents favorables, on jouit, pendant l'hiver, d'une température presque aussi douce que dans les beaux jours de mai en France. Dès le mois de janvier, les plantes printanières et les arbres à noyaux commencent à fleurir, et, dans le courant de mars, tous les arbres sont parés d'un nouveau feuillage.

On sait que l'efficacité des eaux minérales en général est modifiée par les variations atmosphériques. Les médecins attachés aux établissements thermaux ont remarqué que la température de l'air a une grande influence sur le succès du traitement, et que l'action thérapeutique diminue par les temps froids et humides, tandis qu'elle s'accroît dans les temps chauds et secs.

Pour apprécier comparativement la valeur curative de notre climat, nous rapportons, d'après M. le Dr Boudin (1), la moyenne annuelle de la température de quelques localités :

	Degrés.
Saint-Pétersbourg	3,4
Berlin	9, ›
Londres	9,1
Aix-la-Chapelle	9,4
Paris	10,8
Montpellier	13,6
Venise	13,7
Marseille	14,1
Hyères	15, ›
Florence	15,3
Rome	15,4

(1) *Géographie et statistique médicale.*

	Degrés.
Nice	15,6
Naples	16,4
Tunis	20,3
Le Caire	22,4
Saint-Louis (Sénégal)	24,5
Calcutta	26,8
Madras	27,7

Les observations de M. Mitchell, à Alger; de M. Grellois, à Guelma, et les nôtres, à Bône, établissent que la moyenne est :

A Alger	20,6
A Bône	20,2
A Guelma	20,›

D'où il résulte que l'Algérie se trouve, sous ce rapport, providentiellement intermédiaire entre la zône tempérée et la zône torride.

Si nous examinons la température moyenne annuelle de l'hiver et de l'été dans ces mêmes localités, nous trouvons :

	Été.	Hiver.
Saint-Pétersbourg	15,8	— 8,1
Berlin	18,3	0,5
Londres	15,5	+ 3,1
Aix-la-Chapelle	16,9	1,6
Paris	18,1	3,3
Montpellier	22,›	5,8
Venise	22,8	3,3
Marseille	21,1	7,4
Hyères	24,4	6,1
Florence	24,›	6,8
Rome	22,9	8,1
Nice	22,5	9,3
Naples	23,8	9,8

	Été.	Hiver.
Tunis	28,3	13,2
Le Caire	29,2	14,7
Saint-Louis	27,6	21,1
Calcutta	29,1	21,6
Madras	30,1	25, ›

Cette moyenne pour l'Algérie, établie sur les mêmes documents, est de............... 23,94   16,74

Ici encore nous nous trouvons dans les meilleures conditions, puisque la différence de température moyenne entre l'été et l'hiver n'est que de 7,20. Ce qui nous place encore dans une position intermédiaire entre les extrêmes.

Pendant l'hiver, la station d'Hammam-Meskhoutine n'a pas de température extrême, les vents de sud et sud-est élèvent le thermomètre et le maintiennent entre 10 et 20 degrés; et si parfois il descend au-dessous de 10 degrés, ce n'est qu'accidentellement et pour peu de durée. L'été offre, néanmoins, un nombre de journées pendant lesquelles domine l'action accablante du sirocco.

On respire habituellement ici un air pur et doux, sous une température modérée; les beaux jours sont nombreux, on en compte plus de deux cents dans l'année, et par beaux jours, nous entendons ceux où le ciel se montre pur et serein, sans nuages et sans pluie. Il n'y a guère qu'une cinquantaine de jours de pluie, dont une très-grande partie ne sont pluvieux que quelques heures; les jours à teinte funèbre y sont presque inconnus.

Les orages sont très-rares, ils s'observent plutôt en hiver qu'en été; ils n'atteignent jamais la violence signalée dans la plupart des pays montagneux.

Une chaîne de collines et de montagnes, qui se doublent sur plusieurs points, abrite la vallée contre les vents de nord et nord-ouest, qui dominent une partie de l'année

et d'où ils ne peuvent apporter aucune émanation mal-
faisante.

Enfin, la douceur constante et uniforme de notre climat
et de notre température se prête merveilleusement à la
permanence des bains; on ne trouve, dans aucune contrée
de l'Europe, des hivers plus doux; cette station peut
recevoir les malades pendant toute l'année, mais plus
particulièrement depuis le commencement d'octobre jusqu'à la fin de juin; elle remplit les conditions que le
professeur Lallemand a indiquées dans les termes suivants :

« S'il est une saison dans laquelle il soit plus utile de
lutter contre les affections chroniques de toute espèce,
c'est surtout en hiver, parce que c'est dans cette saison
qu'elles sévissent le plus cruellement et que les rechutes
sont plus graves et plus fréquentes. Il importe donc de
guérir ces maladies en hiver, non-seulement pour ne pas
faire perdre un temps précieux, mais encore parce que le
printemps est la saison la plus favorable à la convalescence
et que les malades ont ensuite tout l'été devant eux pour
compléter leur rétablissement chez eux; tandis que quand
ils vont aux eaux en été, suivant l'usage antique et solen-
nel, ils ne peuvent entrer en convalescence qu'en automne,
et retombent nécessairement, en hiver, sous l'empire des
causes qui ont amené le développement de la première
maladie.

» Il faut donc faire le contraire précisément de ce qu'on
a toujours fait jusqu'à présent; il faut s'efforcer de guérir
les affections chroniques dans la saison qui leur est le
le plus contraire, afin que la convalescence coïncide avec
les conditions les plus propres à consolider la cure et à
prévenir des rechutes, toujours à redouter, par des temps
rigoureux.

» Mais, pour que les eaux thermales puissent être
administrées avec avantage en hiver. il faut qu'elles

réunissent bien des conditions indispensables, dont la plupart ne dépendent pas de la volonté, et ne peuvent être acquises par aucun sacrifice pécuniaire ou remplacées par aucun effort de l'intelligence. Il faut que tout l'établissement puisse être entretenu à une température d'environ 20 degrés, constante la nuit comme le jour et uniforme jusque dans les dépendances les plus accessoires, afin de rendre impossible tout refroidissement après les bains, les douches, les étuves, etc. Il faut que ce soient les eaux thermales elles-mêmes qui passent dans des conduits, pour que la température soit égale, partout constante nuit et jour, et ne coûte que les frais de premier établissement.

» Ce n'est pas tout encore : les malades ne peuvent rester, sans inconvénient, confinés constamment dans un établissement quelconque, quelque vaste qu'il soit ; ils ont besoin de respirer de temps en temps l'air du dehors, de s'exposer aux rayons bienfaisants du soleil. Il faut donc qu'un établissement thermal pour l'hiver soit situé dans un climat qui permette plusieurs heures d'exercice par jour, dans la saison la plus rigoureuse. »

Or, où trouvera-t-on un plus heureux concours d'influences hygiéniques et une réunion de conditions climatériques plus favorables et plus propres à remplir les indications du savant professeur que dans notre contrée privilégiée ?

VI.

SALUBRITÉ.

Les détracteurs (on en trouve partout) se sont appuyés, pour déprécier la contrée et les éminentes propriétés des eaux thermales d'Hammam-Meskhoutine, sur l'existence de quelques fièvres intermittentes observées chez certains malades qui avaient prolongé leur séjour jusqu'en été, et chez des ouvriers qui avaient travaillé aux constructions de l'établissement militaire pendant la saison des grandes chaleurs; ils prétendent que cette localité est malsaine, que pendant une partie de l'année elle est inhabitable à cause des fièvres intermittentes qui y règnent. C'est une allégation difficile à expliquer et que les faits viendront certainement détruire.

A priori, il nous a paru extraordinaire qu'une contrée aussi accidentée, offrant une végétation admirable, parsemée de massifs d'arbres de diverses essences, où domine l'olivier, parcourue par de nombreux ruisseaux d'une eau pure et limpide, pût donner lieu à des endémies permanentes, dont les causes, non assignées, seraient inconnues.

Nous avons recherché avec soin qu'elles pouvaient être les causes de ces fièvres observées pendant l'été ; nous avons consulté à ce sujet notre honorable confrère M. Miramont, chargé depuis plusieurs années de la direction du traitement des militaires malades envoyés aux eaux. Il est résulté de nos investigations et de l'opinion de ce médecin qu'il n'existe aucun marais dans les environs, même à de très-grandes distances ; que la rivière (Oued-bou-Hamdan), qui passe à cinq cents mètres de l'établissement, coule sur un fonds de galets et de gravier, et que ses bords, presque toujours escarpés, ne permettent que très-peu de dépôts de vase ; que les fièvres, inconnues pendant la saison des bains, admise jusqu'ici pour l'établissement militaire, avaient pour causes quelques petits foyers d'émanations à peine appréciables, provenant de ce que les eaux des ruisseaux et des sources chaudes qui coulent au pied de l'établissement sont obstruées dans leur cours, se répandent sur le sol et y forment des flaques marécageuses de quelques mètres d'étendue, qu'une incurie inconcevable a laissé persister jusqu'ici. L'évaporation de ces flaques pendant les grandes chaleurs donne aux émanations une intensité suffisante pour occasionner des fièvres ; mais un simple fossé d'écoulement suffira pour faire disparaître indubitablement ces légères causes de maladie et détruire l'opinion erronée qu'on a voulu propager.

Les Romains, nos maîtres en fait d'hygiène, avant d'établir les vastes monuments dont nous contemplons les ruines éparses dans tous les environs, avaient dû reconnaitre avant nous que cette contrée réunissait toutes les conditions de salubrité qu'ils recherchaient avec tant de soin pour l'assiette de leurs établissements. Depuis lors, les bouleversements géologiques ou météorologiques qui ont pu se produire n'ont changé ni la nature du sol ni la configuration du terrain. Pourquoi cet emplacement serait-il devenu aujourd'hui insalubre ?

Nous ferons remarquer que pendant les trois ou quatre années où des fièvres ont été observées, et où elles ont paru revêtir une forme endémique, les malades avaient trop de liberté; ils sortaient à toute heure, allaient pêcher, chasser et se baigner dans le lit du Bou-Hamdan, qui recèle sur ses bords quelques petites flaques d'eau stagnante et boueuse, propres à communiquer la fièvre à ceux qui allaient en respirer les miasmes sur place. On les voyait, le matin et le soir, parcourir les environs sans être vêtus, alors que l'influence de l'humidité et des émanations, toujours plus concentrées à ces heures de la journée, agissaient plus puissamment sur l'économie de sujets débilités par d'autres maladies. Plus tard, un règlement plus hygiénique et rigoureusement appliqué obligea les malades à ne sortir qu'après le lever du soleil et à rentrer avant son coucher ; depuis lors, on n'a plus constaté d'accès de fièvre que dans certains cas exceptionnels dont nous parlerons.

D'ailleurs, il est d'observation constante que tous nos établissements de l'Algérie ont été envahis par les fièvres intermittentes au moment où nous les avons occupés, et que ces fièvres se sont montrées sur beaucoup de points sous forme endémique. Aucune localité, ville, village, camp, ferme, etc., n'a échappé à cette espèce de loi générale. Mais nous ferons remarquer que ces endémies passagères n'ont régné, en général, que pendant les premières années d'occupation de chaque localité et sous l'influence des travaux d'installation.

Le territoire d'Hammam-Meskhoutine ne pouvait échapper à cette règle fatale; aussi a-t-on constaté que les fièvres intermittentes avaient d'abord sévi après les premiers travaux d'installation; que, plus tard, elles avaient cessé pendant plusieurs années pour reparaître au moment de la construction des bâtiments de l'hôpital et des chemins qui y conduisent.

Nous avons compulsé avec soin les registres et les cahiers de visite des malades reçus dans l'établissement militaire; il est résulté de nos investigations que dans l'espace de neuf années, de 1849 à 1857 inclus, sur un nombre de six cent trente-neuf malades, il n'y a eu que neuf accès de fièvre de première invasion. Quelques malades atteints de fièvre avant leur arrivée à l'établissement, et quelques autres traités pour des affections consécutives aux fièvres ont eu quelques accès dans le cours du traitement. Nous donnons ici, textuellement, les notes relevées sur les registres d'observations des médecins chargés de la direction du service de l'établissement militaire, en ce qui concerne les sujets atteints de fièvre ou traités pour des affections consécutives à la fièvre.

DÉSIGNATION DES MALADIES. CARACTÉRISER LES PRINCIPAUX SYMPTÔMES.	ÉTAT DU MALADE A SON DÉPART DE L'ÉTABLISSEMENT.
Malades qui ont éprouvés des accès de fièvre de première invasion pendant leur séjour à l'établissement.	

1849.

N° 21. Douleurs rhumatismales générales. Constitution détériorée. Entré le 11 avril. Sorti le 11 juin.	Le malade a ressenti quelques accès de fièvre pendant son séjour aux eaux. — Sa constitution ne s'est pas améliorée. Amélioration légère.
N° 43. Syphilides. Entré le 19 mai. Sorti le 9 juin.	Quelques accès de fièvre peu de jours avant sa sortie. Guérison.

DÉSIGNATION DES MALADIES. CARACTÉRISER LES PRINCIPAUX SYMPTÔMES.	ÉTAT DU MALADE A SON DÉPART DE L'ÉTABLISSEMENT.
N° 47. Adénite syphilitique en suppuration. Entré le 11 avril. Sorti le 5 mai.	N'a obtenu aucune amélioration sensible de l'usage des eaux. Cet homme a eu plusieurs accès de fièvre et a pris deux grammes huit décigr. de sulfate de quinine. Insuccès.
N° 83. Douleurs. Entré le 5 juin. Sorti le 19 juin.	Quelques accès de fièvre intermittente pendant le cours du traitement. Amélioration légère.
1850.	
N° 4. Douleurs dans les orteils des deux pieds, suite de congélation au Bou-Thaleb, en 1846. Entré le 23 avril. Sorti le 5 mai.	Plusieurs accès de fièvre étant venu interrompre le traitement m'ont obligé d'évacuer le malade sur l'hôpital de Guelma. Amélioration légère.
1851.	
N° 49. Rhumatisme articulaire siégeant aux deux genoux et au poignet droit. Entrée et sortie non indiquées.	Des accès de fièvre survenus à Hammam-Meskhoutine ont forcé d'interrompre et d'écourter le traitement ; néanmoins, les douleurs ont presque entièrement cessé. Amélioration notable.
1852. Néant.	
1853.	
N° 2. Teigne.	Après trois jours de son entrée, il a été évacué sur l'hôpital de Guelma, atteint de fièvre intermittente quotidienne.

DÉSIGNATION DES MALADIES. CARACTÉRISER LES PRINCIPAUX SYMPTÔMES.	ÉTAT DU MALADE A SON DÉPART DE L'ÉTABLISSEMENT.
1854. Néant.	
1855. Néant.	
1856.	
N° 29. Coup de feu à la cuisse droite. Atrophie plus prononcée à la jambe et au pied. Douleurs vives, constantes, avec élancements fréquents. Grande gêne et faiblesse des articulations. Claudication. Marche avec un bâton. Entrée et sortie non indiquées.	A été atteint de fièvre rémittente et évacué sur l'hôpital de Guelma.
1857.	
N° 32. Douleurs rhumatismales fixées aux membres inférieurs. Engorgement surtout du côté droit. Difficulté dans la marche, sentiment de pesanteur. Entrée et sortie non indiquées.	A eu un seul accès de fièvre qui a cédé aussitôt au sulfate de quinine. Amélioration.

Malades précédemment atteints de fièvre intermittente qui ont eu des accès de récidive pendant leur séjour aux eaux.

1849.	
N° 17. Engorgement considérable de la rate et des viscères abdominaux, suites de fièvres intermittentes contractées à Guelma, et successivement traitées à Guelma et à Bône. Entré le 11 avril. Sorti le 11 juin.	L'engorgement de la rate a un peu diminué, mais le ventre reste toujours gonflé. Les quelques accès de fièvre que le malade a ressentis pendant son séjour ont probablement empêché les eaux de produire le résultat que nous attendions. Effet nul.

DÉSIGNATION DES MALADIES. CARACTÉRISER LES PRINCIPAUX SYMPTÔMES.	ÉTAT DU MALADE A SON DÉPART DE L'ÉTABLISSEMENT.
N° 34. Engorgement des viscères abdominaux, suite de fièvre. A eu la dyssenterie au printemps dernier. Entré le 11 avril. Sorti le 5 mai.	Ce malade a eu plusieurs accès de fièvre depuis la fin d'avril et n'a pu, pour ce motif, prolonger son séjour aux eaux. Aucune amélioration sensible.
N° 73. Carie des os du tarse du pied droit.—Trajets fistuleux.—Gonflement considérable de l'articulation tarso-métatarsienne. — Amaigrissement de tout le membre. Entrée le 19 avril. Sortie le 15 juin.	Cette malheureuse enfant n'a éprouvé aucune amélioration de l'usage des eaux. Son pied reste toujours gonflé; des douleurs intenses, tantôt dans la jambe, d'autres fois dans l'articulation de la cuisse, qui est également malade, et, enfin, dans le pied, l'empêchent fort souvent de prendre du repos. Capricieuse comme tous les malades, elle désire manger bien souvent des aliments que son estomac a peine à digérer, et les résultats de ces mauvaises digestions sont la diarrhée et de violents accès de fièvre. Ce qui m'autorise à douter que la guérison de cette intéressante malade puisse jamais avoir lieu. Effet nul.
N° 78. Douleurs dans les membres consécutives à de nombreuses récidives de fièvre intermittente. Entrée le 28 avril. Sortie le 28 mai.	Pendant tout le mois que cette dame a passé dans l'établissement, elle n'a eu qu'un seul accès de fièvre. Sa santé générale s'est singulièrement améliorée, et les douleurs dont elle se plaignait ont complètement disparu. Guérison.

DÉSIGNATION DES MALADIES. CARACTÉRISER LES PRINCIPAUX SYMPTÔMES.	ÉTAT DU MALADE A SON DÉPART DE L'ÉTABLISSEMENT.
1850. Néant.	
1851. Néant.	
1852.	
Nº 2. Rhumatisme articulaire chronique généralisé. — Douleur. — Tuméfaction. Entrée et sortie non indiquées.	Diminution des douleurs, mouvements plus faciles. Une récidive de fièvre périodique nous a forcé à interrompre le traitement thermal, dont la durée a été insuffisante. Amélioration légère.
Nº 60. Anemie, douleurs générales, engorgement des viscères abdominaux, suite de fièvres périodiques. Entrée et sortie non indiquées.	Le retour de la fièvre a nécessité une interruption du traitement qui, en somme, a été trop court. Amélioration légère.
1853. Néant.	
1854. Néant.	
1855.	
Nº 78. Douleurs rhumatismales, principalement fixées aux lombes et aux genoux. Entrée le 9 juin. Sortie le 18 juin.	A été prise d'un accès de fièvre le 15. — Nouvel accès le 17. — Les derniers accès remonteraient seulement à quinze jours. — N'a pas continué le traitement thermal. Effet nul.

DÉSIGNATION DES MALADIES. CARACTÉRISER LES PRINCIPAUX SYMPTÔMES.	ÉTAT DU MALADE A SON DÉPART DE L'ÉTABLISSEMENT.

1856.

N° 58.
Engorgement considérable de la rate, constitution un peu altérée. Faiblesse générale. Douleurs dans la région splénique. Les derniers accès de fièvre remontent environ à trois mois.
Entrée et sortie non indiquées.

Aspect général satisfaisant. L'engorgement de la rate est un peu diminué. Moins grande faiblesse. A eu un accès de fièvre le......
Amélioration légère.

N° 69.
Douleurs rhumatismales qui ont été améliorées par l'usage des eaux de cet hôpital, prises l'an dernier.
Entrée et sortie non indiquées.

Arrivé à l'hôpital avec des accès de fièvre depuis deux jours. Le sulfate de quinime en a fait aussitôt justice. Quinze jours après, nouveaux accès qui ont décidé le malade à partir à son grand regret.
Amélioration considérable.

1857.

N° 21.
Coup de feu à la partie supérieure de la fesse droite. Gêne dans la marche.
Entrée et sortie non indiquées.

Accès de fièvre dans les premiers jours de son arrivée; l'avait eu pendant toute l'année et à des distances assez rapprochées.
Amélioration.

N° 67.
Fracture comminutive de la jambe gauche. Engorgement prononcé de l'articulation tibio-tarsienne et de la partie inférieure de la jambe. Grandes douleurs, mouvements très-bornés de l'articulation et des orteils. Faiblesse.
Entrée et sortie non indiquées.

Accès de fièvre le 17 juin. En avait été atteint dans le courant de l'année.
Amélioration.

DÉSIGNATION DES MALADIES. CARACTÉRISER LES PRINCIPAUX SYMPTÔMES.	ÉTAT DU MALADE A SON DÉPART DE L'ÉTABLISSEMENT.
N° Artrite rhumatismale du poignet droit. Cachexie paludéenne. Entrée et sortie non indiquées.	A eu un accès de fièvre quinze jours après son arrivée. Les accès n'ont pas reparu. A pris de l'eau ferrugineuse en boisson. A son départ, état de santé très-satisfaisant. Amélioration considérable.

En rapportant ci-dessus les notes telles qu'elles sont inscrites au registre de l'établissement militaire, nous avons voulu établir les faits, avec leur incontestable vérité, à l'abri de toute critique. En les récapitulant, nous trouvons que les neuf dernières années ont donné :

> 9 malades atteints de fièvre primitive.
> 12   id.   id.   de fièvre récidivée.

Nous demanderons d'abord s'il existe en Algérie un seul établissement hospitalier qui, sur un nombre de six cent trente-neuf malades n'ait pas eu plus de neuf fièvres primitives et douze fièvres récidivées ?

Les notes détaillées que nous donnons sont le résultat de la pratique et des observations de cinq honorables médecins qui ont été successivement chargés du service des eaux. Quel argument plus puissant pouvons-nous donner en faveur de la salubrité ? Cinq médecins, les seuls que l'on puisse considérer comme compétents dans cette circonstance, attestent qu'ils n'ont pas observé dans leur service d'autres fièvres que le nombre insignifiant que nous venons de rapporter. On remarquera, en outre, que sur quatre-vingt-trois malades atteints d'affections consécutives à des fièvres intermittentes, qui devaient plus particulièrement les prédisposer à des récidives, on trouve vingt-huit guérisons et vingt-neuf améliorations considérables sans retour d'accès. Le témoignage des médecins spéciaux a été unanime à cet égard, et nous invoquerons encore celui de M. le Dr Grellois qui, dans son rapport médical sur le service des eaux en 1845, déclare que la fièvre n'a sévi sur aucun malade.

Chaque fois que l'on bouleverse un sol vierge, soit pour le défricher, soit pour élever des constructions, il s'en dégage des miasmes qui engendrent de nombreuses maladies. La puissance toxique de ces miasmes est en raison de la chaleur atmosphérique et de l'humidité du sol. C'est sous l'influence de telles conditions que des ouvriers maçons et terrassiers qui ont travaillé l'année dernière (1856), pendant les mois de juillet et d'août, à la construction du grand bâtiment de l'hôpital, ont été atteints de fièvre intermittente. Ils ont creusé, pendant les plus grandes chaleurs, des fondations et de larges tranchées, où l'on faisait arriver l'eau d'un ruisseau pour détremper la terre et la rendre plus maniable, opération éminemment favorable au dégagement des miasmes de la terre ; enfin, ils ont taillé une route dans le flanc du mamelon, où le sol, imprégné d'eau d'infiltration, répandait une odeur des plus infectes. Quoi d'étonnant que dans de semblables conditions ils aient contracté la fièvre ?

L'élévation du plateau le met à l'abri des émanations miasmatiques qui peuvent naître de quelques flaques marécageuses que les débordements de la rivière laissent, quand elle se retire dans son lit, après les inondations de l'hiver. D'ailleurs, les hautes berges du Bou-Hamdan, garnies d'un épais rideau de magnifiques oliviers et l'élévation de l'établissement thermal à plus de cinquante mètres au-dessus du niveau du lit de la rivière, ne permettraient pas aux émanations d'arriver jusque-là ; enfin,

la constance des vents de nord-ouest les chassent dans
une direction opposée.

Nous croyons avoir surabondamment prouvé que les
fièvres endémiques ne se montrent pas à Hammam-Meskhoutine et qu'il n'y existe aucune cause permanente ou
essentielle d'insalubrité. A part la cause passagère de
fièvres que nous avons signalée, provenant du défaut
d'aménagement des ruisseaux, nous considèrerons cette
localité comme une des plus saines et des plus agréables
que l'on puisse habiter.

VII.

PROPRIÉTÉS PHYSIQUES.

La température des sources qui forment les cascades et qui alimentent les bassins et les baignoires s'élève invariablement, en toute saison et en tout temps, à 95 degrés. La chaleur est moindre, quoique toujours brûlante, aux petites sources éparses sur divers points du plateau. Elles dégagent une telle abondance de gaz qu'il semble que les eaux soient réellement en ébullition.

Ces eaux sont extrêmement remarquables sous le point de vue de leur chaleur élevée, aucune source en Europe n'atteint une aussi haute température. On trouve au maximum à

	Degrés.
Hombourg	10
Uriage	27
Barbotan	39
Barèges	44
Hammam-Rira	45
Aix-en-Savoie	47

	Degrés.
Balaruc	50
Néris	51
Aix-la-Chapelle	57
Bourbonne	65
Plombières	68
Carlsbad	75
Chaudes-Aigues	88
Hammam-Meskhoutine	95

L'eau est parfaitement limpide et transparente ; sa densité est de 100,202 ; au moment de son émergence elle exhale une forte odeur d'hydrogène sulfuré, qui disparaît par son exposition à l'air ; recueillie dans un vase, au bouillon même de la source, elle n'y forme point de dépôt par le refroidissement ; encore tiède, elle laisse dans l'arrière bouche un goût sensible d'hydrogène sulfuré ; mais, refroidie, elle devient potable et sa saveur ne diffère pas de celle de l'eau ordinaire ; elle est même préférée pour les usages de la table à celle de quelques sources froides des environs. En la recueillant à la source même, avec la précaution de boucher hermétiquement le vase à l'abri du contact de l'air, elle conserve longtemps son odeur sulfureuse.

Les sources sont fort nombreuses, elles jaillissent du sol sur une grande étendue. Elles se font jour à travers un terrain de travertin qui leur doit sa formation, et montent verticalement à l'instar des puits artésiens. Elles déposent incessamment une matière calcaire qui incruste tous les objets qu'elles touchent, comme celle de Frascati, près de Rome, ou de Saint-Allyre.

On profite de leur propriété pétrifiante pour obtenir de jolies incrustations de feuilles, de fruits, de plantes entières et d'objets divers qui se chargent de concrétions en très-peu de temps.

La température élevée de ces eaux permet de les employer directement aux usages culinaires. On peut y préparer un déjeûner chaud sans le secours du foyer. On cuit des œufs à la coque en deux minutes, une volaille en un quart d'heure, les légumes verts, artichauts, haricots, petits pois, etc., semblent y acquérir plus de saveur. Shaw, qui a observé ces eaux, dit qu'on y cuit fort bien une éclanche de mouton en un quart d'heure. On l'utilise encore pour y laver le linge, pour y faire tremper le diss et l'alpha qui se dépouillent de leurs principes solubles et y acquièrent une grande souplesse pour la fabrication des nattes et des paniers.

Le nombre des sources est illimité et varie journellement; les unes apparaissent tandis que d'autres se tarissent. Il arrive quelquefois aussi que des sources disparaissent momentanément. Ainsi, dans la nuit du 19 an 20 juin 1857, la source qui alimente les bains de vapeur cessa tout-à-coup de couler; une source nouvelle se fit jour à environ quinze mètres de celle-là. Cependant, dans le courant de la journée, la source tarie reprit son cours, et, vers midi, elle débitait le même volume que la veille. On lit dans le voyage de Shaw, qui a parcouru la contrée et visité ces eaux, il y a environ cent trente ans, qu'il a observé que ces sources s'arrêtent quelquefois, ou, pour parler plus juste, qu'elles tarissent souvent dans un endroit et reparaissent dans le même temps en d'autres.

Elles sont surtout très-remarquables par le volume d'eau qu'elles débitent; en effet, il est peu de sources thermales connues aussi abondantes. On peut évaluer à plus de cent mille litres la quantité d'eau fournie en une heure par les seules sources qui forment les cascades, quantité qui pourrait être doublée par le volume de toutes les petites sources éparses sur le plateau et qu'il serait facile d'utiliser. La comparaison avec les quantités débi-

tées par diverses sources fera mieux ressortir leur importance sous ce rapport.

Quantités débitées à l'heure, à

Guagno.	3,510 litres.
Hammam-Rira	4,200
Bourbonne	5,000
Saint-Sauveur	6,000
Barèges	7,500
Plombières	10,416
Amélie-les-Bains	50,000
Hammam-Meskhoutine	100,000

La quantité prodigieuse d'eau fournie par toutes nos
sources réunies permettrait de donner quotidiennement
des bains à plusieurs milliers de personnes à la fois.

VIII.

COMPOSITION CHIMIQUE.

Les eaux d'Hammam-Meskhoutine dégagent à leur sortie des sources une grande quantité de gaz, et elles contiennent des principes minéralisateurs plus nombreux que beaucoup d'autres sources thermales. L'analyse chimique en a été faite par M. Tripier, pharmacien distingué, qui, le premier, y a constaté la présence de l'arsenic. C'était la première fois que cette substance était trouvée dans des eaux minérales. Cet habile chimiste a mis ainsi sur la voie, et depuis lors on en a trouvé dans plusieurs sources, en France et dans les autres pays où on ne l'avait jamais constatée avant lui.

Nous ne pouvons mieux faire que de rapporter ici l'analyse qu'il en a faite.

Lorsqu'on plonge à la source même une pièce d'argent, un morceau de fer, de plomb, de cuivre décapés, ils ne tardent pas à s'iriser, puis à noircir ; mais, dans l'eau qui s'écoule, toute altération de ce genre cesse bientôt de se manifester.

Le nitrate de fer et tous les réactifs propres à déceler la présence des sulfures alcalins ne donnent aucune réaction qui soit propre à ce genre de composés.

La proportion d'hydrogène sulfuré, dissoute dans l'eau, n'y a qu'une existence éphémère; elle est si faible, que, sans son odeur caractéristique et son action sur les métaux, il deviendrait difficile d'en démontrer rigoureusement la présence.

L'eau de chaux y fait reconnaître l'acide carbonique libre, en formant, vers la surface de l'eau, un précipité qui se dissout en tombant au fond du verre.

La teinture de tournesol ne prend un aspect très-légèrement vineux qu'avec de l'eau refroidie dans un flacon bien bouché.

L'eau concentrée par une longue ébullition ne présente pas de réaction alcaline.

L'eau de savon est décomposée par l'eau qui a bouilli, comme par celle qui n'a pas subi cette épreuve.

L'oxalate d'ammoniaque donne, avec ces deux liquides, un précipité immédiat et abondant.

L'eau qui n'a pas bouilli donne, par l'ammoniaque, un précipité considérable de carbonates terreux; celle qui a été concentrée par une longue ébullition donne, par le même réactif, un précipité moins dense, qu'une dissolution de sel ammoniac fait disparaître; ce précipité n'a pas lieu quand l'eau a été rendue acide. Il faut conclure de ce qui précède que la chaux et la magnésie, dont les carbonates se déposent spontanément des eaux d'Hammam-Meskhoutine, y existent, en outre, à l'état de combinaisons solubles par elles-mêmes.

L'eau a été essayée à la source même par tous les réactifs du fer, sans qu'aucun y ait démontré la présence d'un composé de ce métal; il en existe cependant dans les dépôts; mais la quantité en est trop faible pour être rendue sensible dans l'eau, ce n'est que dans le produit de son évaporation qu'on parvient à en distinguer.

Le chlorure de baryum fait naître, dans l'eau fortement aiguisée d'acide chlorhydrique, un précipité abondant de sulfate de baryte.

Le nitrate d'argent y détermine un dépôt blanc et volumineux de chlorure, que la lumière brunit, qui est insoluble dans l'acide nitrique, mais que l'ammoniaque dissout entièrement.

Le produit de l'évaporation de dix litres d'eau prise à la source fut épuisé d'abord par l'alcool, ensuite traité par l'eau distillée légèrement alcoolisée, puis, par l'eau aiguisée d'acide nitrique, après quoi il restait encore un résidu considérable.

La solution alcoolique contenait des chlorures de sodium, de magnesium, de potassium et de calcium, ces deux derniers en très-faible proportion, mais, point d'iodure, ni de bromure, ainsi que je m'en suis convaincu, soit en imprégnant de cette solution concentrée, et même de sels humides provenant de son évaporation, un papier fortement amidonné, et le suspendant à la surface d'une légère solution de chlore, soit en traitant la solution concentrée elle-même tout entière par une addition ménagée de chlore liquide qui n'en changeait point la teinte. Le mélange ne communiquait aucune coloration à l'amidon, tandis qu'en y introduisant la plus faible quantité d'un iodure ou d'un bromure, on y voyait naître les réactions qui caractérisent ces composés. Ces essais furent répétés, sans autre résultat, sur les sels déposés par l'eau rendue alcaline, avant son évaporation.

En traitant les sels de la solution alcoolique par l'acide sulfurique, après les avoir mélangés à des feuilles d'or, ils ne présentèrent point le caractère propre au mélange des chlorures avec les nitrates ; ces mêmes sels, décomposés par le sulfate d'argent, puis traités par l'alcool, ne décelèrent aucune trace de nitrate.

Le chlorure de platine y décèle la présence d'une petite quantité de potasse; les alcalis fixes n'y font point reconnaitre celle de l'ammoniaque.

La masse saline, épuisée par l'alcool, cède à l'eau légèrement alcoolisée les sulfates de soude et de magnésie.

L'acide nitrique étendu, succédant aux liquides cidessus, dissolvit les carbonates de chaux, de magnésie, l'oxide de fer, le composé arsenical et le fluorure, qui est passé à l'état de fluo-silicate, quand on vint à le reconnaitre.

Pour obtenir l'arsenic, on précipite par l'ammoniaque la liqueur acide ou additionnée d'hydrochlorate d'ammoniaque, afin de conserver la magnésie en dissolution ; le précipité, très-peu abondant, étant recueilli et bien lavé, donne une forte proportion d'arsenic métallique, soit qu'on l'essaie dans l'appareil de Marsh, soit qu'on le calcine dans une petite cornue de verre avec du charbon.

Les matières qui ont résisté à l'action dissolvante des liquides ci-dessus sont composées de sulfate de chaux, de silice et de sulfate de strontiane provenant de la décomposition complète du carbonate durant l'évaporation de l'eau; il fallut, pour caractériser la strontiane, convertir les sulfates en sulfures·, et dissoudre ces derniers dans l'alcool acidulé.

Les gaz, recueillis avec soin au milieu de la veine en ébullition, ont présenté la composition suivante :

<pre>
        Acide carbonique. 97,0
          Id.   sulfhydrique 00,5
        Azote 02,5
                                                  ————
                                                   100
</pre>

L'analyse quantitative d'un litre de cette eau a donné
les résultats suivants :

Chlorure de sodium	0,41560
Id. de magnesium	0,07864
Id. de potassium	0,01839
Id. de calcium	0,01085
Sulfate anhydre de chaux	0,38086
Id. de soude	0,17653
Id. de magnésie	0,00673
Carbonate de chaux	0,25722
Id. de magnésie	0,04235
Id. de strontiane	0,00150
Arsenic dosé à l'état métallique	0,00050
Silice	0,07000
Matières organiques, environ	0,06000
Fluorure	des traces.
Oxide de fer	

$$1,51917$$

Le carbonate de strontiane donne incessamment naissance, par sa décomposition, à du sulfate qui existe aussi
dans l'eau minérale, et qu'on retrouve dans tous les dépôts
dus à l'évaporation spontanée de celle-ci, soit que cette
évaporation s'effectue lorsque l'eau est encore pourvue de
ses carbonates, soit qu'elle n'ait lieu qu'après qu'elle s'en
est dépouillée.

Que le fer ait existé dans l'eau à l'état de bicarbonate, ou
sous forme de proto-sel à acide organique qui passerait,
au contact de l'air, à l'état de sous-sel insoluble de pé-
roxide, il se trouve dans les dépôts, le plus souvent sous
forme d'un composé rouge de sang, que l'acide acétique ne
dissout ni ne décompose, mais auquel l'acide hydrochlo-
rique enlève le fer en isolant des flocons amorphes et des
filaments incolores de matière organique. Ce composé

n'existe qu'en faible proportion dans ceux mêmes des dépôts auxquels il communique une couleur très-prononcée.

SOURCES FERRUGINEUSES.

Nous n'avons parlé, jusqu'ici, que des eaux sulfureuses ; mais, si l'on quitte la cascade pour prendre le sentier qui conduit dans la vallée, au sud de l'établissement, en remontant le ruisseau Chedakra, à un kilomètre plus haut, on trouve des sources qui se distinguent des précédentes par des caractères bien tranchés. Elles donnent moins de dépôts calcaires ; ceux-ci sont colorés en rouge brique par du protoxide de fer, elles sont essentiellement ferrugineuses, leur température est de 78 degrés ; elles n'ont pas d'odeur sulfureuse, leur saveur est un peu styptique, elles sont limpides et incolores à leur point d'émergence, mais elles laissent, dans le ruisseau où elles tombent, un dépôt de sel calcaire ocreux.

Ces eaux ferrugineuses, à peu près inconnues de nos jours, devaient avoir, du temps des Romains, une grande importance, ainsi que l'attestent les ruines et les bassins qui les environnent ; ceux-ci ne peuvent plus, aujourd'hui, être alimentés par les sources actuelles, elles sont toutes à un niveau inférieur ; elles devaient s'échapper, alors, du voisinage de plusieurs cônes situés bien au-dessus de leur point actuel d'émergence.

La principale source ferrugineuse peut fournir trois ou quatre mille litres à l'heure ; elle sourde d'un rocher, sur le bord de l'Oued-Chedakra, dans la profondeur d'un vallon, où l'on pénètre, avec difficulté, à travers un fourré d'arbres, de buissons, de vignes et de végétaux grimpants qui obstruent le passage et rendent ce site d'un aspect sauvage.

L'analyse chimique de ces eaux n'a pas encore été publiée ; mais, nous devons à l'obligeance de M. E. Fegueux, pharmacien à l'hôpital militaire et chimiste distingué, l'analyse suivante, tout récemment faite par lui.

Un litre d'eau, prise à la source principale, contient :

Carbonate de magnésie	0,0237
Id. de chaux	0,1746
Sulfate de chaux	0,4292
Id. de soude	0,0528
Chlorure de potassium	0,0406
Id. de sodium	0,3504
Id. de magnesium	0,0718
Phosphate de soude	0,0202
Oxide de fer	0,0500
Acide silicique	0,0125
Iode	traces.
Matières organiques et perte . . .	0,0382
	1,2640

On a commencé, depuis peu, dans l'établissement militaire, de faire usage de ces sources ferrugineuses en boisson. Leur saveur atramentaire est loin d'avoir ce goût d'encre désagréable qu'on rencontre dans la plupart des sources dont le fer constitue la base, et, cependant, ce sont des eaux très-fortes et très-actives, contenant, comme on le voit par l'analyse, une proportion de fer très-notable et presque toujours supérieure à celle que contiennent leurs congénères en Europe. M. le Dʳ Miramont a obtenu d'excellents résultats de leur emploi, dans les cas d'anémie, de cachexie, d'engorgement des viscères abdominaux, la langueur des fonctions digestives, les convalescences difficiles, etc ; en un mot, elles exercent, sur l'économie animale, une action essentiellement tonique et fortifiante.

L'établissement thermal d'Hammam-Meskhoutine pourra retirer de grands avantages de l'exploitation de ces sources ferrugineuses ; elles constituent un élément précieux de traitement, soit qu'on veuille combiner l'administration des deux espèces d'eaux minérales, ou la prescrire isolément. Cette variété agrandit le cadre des affections qui peuvent être traitées avec certitude de guérison ou espoir de succès dans l'établissement futur.

IX.

CONSTITUTION GÉOLOGIQUE.

Qu'on se représente, sur la rive droite du Bou-Hamdan, au milieu d'une vaste enceinte de hautes montagnes, un mamelon élevé, formé de dépôts tufacés et parsemé de nombreux cônes d'inégales hauteurs (jusqu'à huit ou dix mètres), dont l'ensemble a été comparé aux minarets d'une ville musulmane, ou aux tentes d'un douar arabe, on aura l'idée de l'emplacement des bains d'Hammam-Meskhoutine. Le sol de ce mamelon résonne sous le pas du voyageur, et on entend, à l'intérieur, comme le bruit sourd d'une ébullition. Des gaz se dégagent non-seulement avec l'eau des sources, mais aussi par les canaux encore ouverts de quelques-unes de celles qui sont taries, et par une multitude de fissures des couches tufacées. Celles-ci sont d'une épaisseur considérable et recouvrent un espace immense ; elles sont formées par l'accumulation de dépôts successifs que les eaux ont accrus pendant des centaines de siècles.

Ces dépôts forment, sur certains points, des espèces

de murailles naturelles d'une grande épaisseur, de six à dix mètres de hauteur. A la disposition et à la forme que ces dépôts affectent, on les croirait faits pour servir de retranchements à une armée.

Les cônes nombreux qui couvrent le mamelon se forment par le dépôt des sels calcaires, dont les eaux sont très-chargées, et qu'elles abandonnent par l'abaissement qu'éprouve leur température au moment où elles apparaissent au jour. Autour du point où une source perce le sol, un premier cercle se forme; des couches calcaires successives se déposent et élèvent, peu à peu, une enceinte circulaire dans laquelle la source bouillonne et monte, pour se déverser par dessus les bords. A mesure que cette enceinte s'exhausse, la base s'élargit, car elle a reçu de plus nombreuses couches, en même temps que, par l'abaissement de température, plus grand en bas qu'en haut, elle doit les recevoir plus épaisses. Quand le tube, que le mouvement de l'eau réserve à l'intérieur du cône, est assez élevé pour que la colonne d'eau qu'il renferme fasse équilibre à la force motrice d'ascension de la source, le phénomène s'arrête, pour se renouveler sur un autre point, par l'apparition d'une nouvelle source. L'ouverture supérieure du tube, qui forme l'axe du cône, se rétrécit peu à peu, finit par se fermer, et le tube lui-même se bouche complètement. Tel est le mode de formation de ces cônes nombreux; les plus élevés sont évidemment très-anciens, ce qui semblerait indiquer que la force d'ascension a diminué.

On aperçoit, sur plusieurs points du plateau, des sources bouillonnantes sans écoulement, et des fissures par où s'échappent de la vapeur et des gaz.

Aujourd'hui, les sources ont disparu des points les plus élevés du monticule, les vieux cônes y sont à sec. C'est seulement vers le bas de la colline, sur le bord d'un ravin, que presque toutes les eaux sourdent avec abondance, pour descendre en gracieuses cascades sur les gradins qu'elles ont formés, et tomber dans le ruisseau Oued-Chedakra, qui les conduit à l'Oued-bou-Hamdan.

Les dépôts formés par les cascades offrent une grande variété de couleurs qui passent par toute sorte de nuances et produisent le plus merveilleux aspect. La plupart des auteurs qui ont écrit sur les eaux d'Hammam-Meskhoutine attribuent, par erreur, cette coloration variée aux éléments constitutifs des eaux, tandis qu'elle n'est autre chose qu'une coloration artificielle résultant de l'immersion, du rouissage des plantes textiles que les indigènes déposent à l'ouverture des sources pour les dépouiller de leur matière soluble. Lorsque cette immersion n'a pas lieu, les dépôts sont toujours d'un blanc mat ressemblant à l'albâtre.

Les eaux sortent des grès et des marnes schisteuses entremêlés de filons de calcaire.

Le terrain d'Hammam-Meskhoutine se compose de marnes, de calcaire, de galets, de grès et de sables dans toute la vallée ; les montagnes voisines sont formées de grès ou de calcaire.

X.

THÉRAPEUTIQUE.

Chez tous les peuples et à toutes les époques, les eaux minérales ont été considérées comme un remède à un grand nombre de maux et comme un puissant moyen hygiénique. Elles ont été alternativement prônées outre mesure ou jugées avec une injuste prévention ; elles ont été le sujet de l'apologie la plus emphatique et de la critique la plus moqueuse, résultant, en grande partie, de l'exagération que les malades apportent toujours dans l'éloge comme dans le blâme, suivant les résultats qu'ils ont obtenus.

La prospérité de la plupart des établissements thermaux est une preuve certaine de la propagation des connaissances hygiéniques dans les classes qui sont le plus à même de les appliquer avec fruit. Cette prospérité explique en même temps le nombre considérable d'ouvrages et de notices qui ont été publiés, depuis quelques années, sur les eaux minérales, et appellent ainsi constamment l'attention des médecins et des gens du monde sur ces établissements, qui sont à la fois, pour la science, une mine féconde à exploiter et une source de fortune pour les pays qui les possèdent.

Il ne faut pas croire que les eaux minérales, ces remèdes précieux que la nature prépare au sein de la terre, puissent satisfaire indistinctement à tous les besoins de la médecine pratique. Il y a de nombreuses affections qui leur sont rebelles et d'autres qui s'aggravent par leur influence.

Les différentes sources répandues sur le globe jouissent de propriétés spéciales qui les rendent propres à la guérison de telle maladie plutôt que de telle autre. Ces propriétés, elles les doivent non-seulement à divers principes minéralisateurs qui entrent dans leur composition, mais encore à leur thermalité, à leur mode d'emploi et aux influences hygiéniques de la station thermale. Les *airs* et les *lieux*, le régime, les soins administratifs et l'ordre intérieur de l'établissement sont des conditions qui concourent d'une manière efficace au rétablissement des malades.

Une eau minérale est un médicament composé dont les éléments constitutifs, séparés par l'analyse chimique et considérés isolément, ont des propriétés qui, le plus souvent, diffèrent essentiellement de celles de leur aggrégat. Loin qu'on puisse établir un rapport constant et nécessaire entre les propriétés thérapeutiques d'une eau minérale et celles de ses principes minéralisateurs, l'expérience journalière nous apprend que ces mêmes principes, isolés ou transportés dans des eaux artificielles, ne produisent pas les mêmes effets que les eaux naturelles d'où on les a extraits.

Comme le dit M. Filhol dans son remarquable ouvrage sur les eaux des Pyrénées, « si vous demandez à la chimie seule de vous dévoiler le secret de l'activité des eaux minérales, elle ne pourra vous fournir que des documents insuffisants. Voulez-vous, au contraire, vous en tenir à l'observation pure et simple des faits, vous tombez dans l'empirisme.

› On porte généralement une attention trop exclusive sur les éléments minéralisateurs qui dominent dans une eau, et l'on se préoccupe fort peu de l'action de quelques autres éléments qui accompagnent les premiers, et qui, souvent, réagissent sur eux avec assez de force pour les dénaturer et changer complètement la forme du médicament. ›

Quoique l'analyse chimique des eaux minérales soit portée, aujourd'hui, à un haut degré de perfection et que la détermination qualitative et quantitative de chacun des éléments se fasse avec une grande précision, on ne peut, néanmoins, leur attribuer rigoureusement une action thérapeutique spéciale en rapport avec les propriétés de ces éléments minéralisateurs. La chimie nous indique bien quels sont les sels qui entrent dans la composition d'une eau et détermine les proportions de chacun des éléments qui la constituent; mais elle ne nous fait pas connaître l'état et le mode d'aggrégation, de combinaison, de réaction qui résultent des affinités propres aux divers sels et qui peuvent donner lieu à des composés ternaires ou quaternaires, dont le mode d'action est souvent très-différent de ce que la théorie semblait indiquer, d'après la composition que l'analyse a donnée de cette eau. Ainsi, il est presque toujours impossible d'apprécier comment sont unis les principes constituants de deux ou plusieurs sels dissouts dans une eau; et la manière de les séparer donne lieu à de grandes différences dans les produits de plusieurs analyses.

Nous pensons donc que l'analyse chimique n'est pas toujours un guide sûr et suffisant pour s'éclairer sur la vertu des eaux; il arrive souvent, en effet, que les données qu'elle fournit ne sont pas d'accord avec l'observation médicale. Leur action thérapeutique est, sans nul doute, mise en grande lumière par la constatation de leur composition chimique ; mais pour que les analyses soient considérées comme l'expression exacte de cette composition, il faudrait que, par la synthèse, on pût reproduire une eau absolument identique à celle qui a été analysée, qu'on pût, en un mot, la reconstituer de toutes pièces, avec tous les mêmes éléments et les mêmes propriétés ; or, tout le monde sait que la chimie n'est pas encore arrivée à ce résultat. Les diverses analyses chimiques des mêmes eaux ne sont jamais identiques. Un chimiste découvre toujours ce qui a échappé à un autre ; la synthèse, d'ailleurs, n'est jamais exacte, et la comparaison des eaux minérales, artificielles et naturelles, ne le prouve que trop. L'état actuel de la science ne permet pas d'arriver à une imitation fidèle de l'eau de la plupart des sources naturelles ; soit que l'analyse chimique laisse de l'incertitude sur la nature de leurs composants ou sur le mode suivant lequel ils sont unis, soit que ces eaux contiennent des principes qu'il n'est pas encore permis à l'art de reproduire.

L'observation attentive nous porte à croire que la plupart des eaux minérales, surtout celles qui sont à haute température, jouissent, à leur point d'émergence, d'une action électro-chimique qu'elles perdent, lorsqu'elles sont portées au loin. Elles nous semblent être douées alors d'une électricité propre et spéciale qui n'a pas été suffisamment étudiée et qui doit exercer une très-grande influence sur leur activité, sur leur composition chimique et sur le mode d'aggrégation des sels qui entrent dans leur composition ; enfin, ce ne sont pas de simples dissolutions salines semblables à celles que l'on pourrait obtenir dans un laboratoire ; elles renferment des éléments inconnus ou inappréciés, qui ne permettent pas à l'art de les imiter exactement. Il y a tout lieu de croire que ces éléments exercent sur leur composition chimique et sur leur action thérapeutique une influence que l'analyse n'explique pas, mais que l'observation clinique constate. Ainsi, telle eau produit des selles abondantes, quoique ne renfermant que quelques atomes de sels réputés purgatifs, tandis que telle autre, où prédomine le sulfate de soude ou de magnésie, donne souvent lieu à de la constipation.

Les vastes monuments dont les ruines gigantesques couvrent les environs des sources d'Hammam-Meskhoutine, et que l'on retrouve même à de grandes distances, témoignent de l'utilité et de l'influence salutaire que les Romains attribuaient à ces eaux ; on sait que les bains étaient en très-grande faveur chez eux, qu'ils faisaient baigner leurs légions, et l'on trouve, près de nos eaux, de nombreuses piscines, dont quelques-unes pouvaient recevoir cinq cents baigneurs à la fois. Ces ruines indiquent que c'était peut-être le plus vaste établissement thermal du monde.

Les édifices somptueux élevés par les Romains, partout où ils rencontraient des sources minérales, indiquent que chez eux le goût des bains allait jusqu'à la passion ; mais ils attestent aussi leur sollicitude pour la santé des armées. C'est en se plongeant dans les piscines que le soldat se reposait de ses fatigues et se fortifiait pour de nouveaux combats.

L'histoire ne rapporte pas dans quels cas pathologiques nos eaux étaient employées ; néanmoins, c'est déjà une grande présomption qu'elles avaient des propriétés efficaces reconnues que de constater autour des sources ces vastes piscines construites par le grand peuple.

Nous avons dit que la composition chimique des eaux thermales, en général, n'indique pas, à priori, d'une manière absolue, les propriétés spéciales qui les rendent propres à la guérision de telle ou telle maladie. L'induction et l'analogie peuvent bien, jusqu'à un certain point, mettre sur la voie de leur valeur thérapeutique, mais ce n'est que par l'étude de leur action sur l'économie et par les résultats obtenus que l'on peut, avec certitude, désigner les groupes pathologiques où leur emploi peut être d'une application utile.

Une eau minérale est un médicament dont les effets ne peuvent être appréciés que par l'expérimentation clinique et l'observation directe; nous avons vu qu'en hydrologie, la chimie est un guide trop souvent infidèle.

La composition chimique des eaux d'Hammam-Meskhoutine leur donne bien quelque analogie avec plusieurs eaux connues, telles que Balaruc, Plombières, Bagnères de Bigorre, etc., selon M. Grellois ; Baden, Bourbonne, Aix en Provence, Bath en Angleterre, etc., selon M. Tripier ; mais la variété des principes minéralisateurs qu'elles contiennent est plus grande que dans aucune de ces sources ; nous n'en connaissons pas qui leur soient comparables sous ce rapport. Elles ne peuvent être rigoureusement classées dans aucune des six divisions établies par M. Soubeiran, elles semblent former une classe à part et devraient être désignées sous le nom d'*eaux salines, hydrosulfurées, arsenicales.*

Cette analogie dont nous venons de parler, bien qu'éloignée, était une indication qui n'a pas été négligée au moment où l'administration de la guerre se décida, en 1844, à utiliser ces eaux, sous l'intelligente direction de notre honorable confrère M. Grellois, pour combattre certaines affections qui nécessitaient l'envoi d'un grand nombre de militaires dans les établissements thermaux de France.

Malgré les présomptions de la valeur curative de nos eaux dans des cas pathologiques spéciaux, on y envoya, néanmoins, à titre d'expérimentation, un certain nombre de malades atteints d'affections diverses, en dehors du cadre pathologique assigné aux établissements thermaux dont les eaux ont de l'analogie avec les nôtres.

Nous empruntons au rapport de M. le Dr Grellois quelques considérations sur l'action physiologique des eaux, qu'il a pu constater pendant les années où il a été chargé du service de l'hôpital militaire.

Une légère oppression, un sentiment de fatigue est ordinairement la suite immédiate du bain ; il provoque la sueur, lorsque le malade vient à se mettre au lit en le quittant.

Le bain de vapeur détermine une fatigue et un brisement tels que beaucoup de malades ne peuvent le supporter qu'à plusieurs jours d'intervalle ; c'est surtout au sortir de ce bain qu'on observe d'abondantes sueurs accompagnées d'une chaleur, d'une cuisson qu'on ne remarque pas dans la sueur consécutive au bain d'eau.

L'effet de la douche est de déterminer, sur la partie soumise à son action, une rougeur plus ou moins intense, selon la force et la durée du choc ; cette coloration s'efface bientôt et est remplacée par une sensation de chaleur que plusieurs malades regardent comme agréable ; la douche seule ne produit qu'une faible action générale ; mais, continuée pendant plusieurs jours, elle imprime ordinairement à la partie soumise au choc une sensation de fatigue et de douleur qui force à la modérer et même à la suspendre momentanément.

Après quelques jours de l'usage des eaux, abstraction faite de la forme et du mode d'administration, plusieurs malades éprouvent dans les membres une sensation de picotement, plutôt désagréable que douloureuse ; elle dure trois ou quatre jours, puis, s'affaiblit et se dissipe, sans qu'on ait employé aucun moyen pour la combattre.

En même temps que cette sensation, il naît, sur une grande partie de la surface du corps, des vésicules qui ont l'aspect de *sudamina ;* elles sont tout-à-fait discrètes et se montrent, de préférence, à l'abdomen, au pli du bras et dans l'intervalle des doigts; leur existence est éphémère.

Durant les premiers jours qui suivent l'usage des eaux, les fonctions digestives acquièrent une grande énergie; les malades ne peuvent se rassasier; mais, chez plusieurs, cet effet n'est pas de longue durée.

L'eau minérale en boisson est bien supportée par l'estomac, à la dose d'un litre par vingt-quatre heures; passé cela, elle détermine une sensation de pesanteur, des renvois et de l'inappétence. Au début du traitement elle occasionne, le plus souvent, un peu de dérangement de corps, suivi bientôt de constipation.

Elles exercent une action évidente sur les voies urinaires; les malades s'accordent à dire qu'ils pissent beaucoup. Ce qui constate leur action, c'est la qualité qu'acquièrent les urines et la sensation qu'elles font éprouver à leur passage dans l'urètre ; elles sont souvent jaunes ou rougeâtres et déterminent, chez beaucoup de malades, un sentiment d'ardeur et de cuisson dans le canal. C'est probablement cette circonstance qui les fait considérer comme aphrodisiaques et prolifiques par les indigènes.

Indépendamment de la sueur qui suit immédiatement la sortie du bain, beaucoup de malades éprouvent encore d'abondantes sueurs dans la journée et pendant la nuit ; chez quelques-uns, les sueurs coïncident avec les urines copieuses.

Elles agissent en modifiant les humeurs et en imprimant aux maladies chroniques un état légèrement aigu qui réveille les organes engourdis, augmente les sécrétions et favorise les crises salutaires. Cette excitation, ou lièvre thermale bien dirigée, soulage et guérit des maladies opiniâtres. Les malades doivent être avertis que leur maladie ne peut guérir, le plus souvent, qu'en passant de l'état chronique à l'état aigu, et que ce changement est signalé par une augmentation, un retour des douleurs ou des éruptions dont ils viennent chercher la guérison.

L'abondance des principes minéralisateurs qu'elles contiennent et leur haute température leur communiquent une action énergique sur l'organisme et une grande puissance curative. Comme toutes les eaux sulfureuses, elles peuvent être utilisées pour le traitement d'une multitude d'affections diverses ; elles conviennent dans les affections où il s'agit de produire une stimulation énergique. Ainsi, on les emploie avantageusement contre certaines paralysies des membres, les rétractions musculaires et tendineuses, les entorses, les ankyloses incomplètes, les roideurs consécutives aux anciennes fractures et les plaies d'armes à feu trop lentes à se cicatriser ou qui renferment des corps étrangers.

Après quatorze années d'expérience et d'observations pratiques consciencieusement faites sur un grand nombre de malades, nous possédons des données précises sur les propriétés thérapeutiques de nos eaux et nous pouvons déterminer spécialement les groupes d'affections où leur emploi est favorable.

Comme toutes les sources sulfureuses chaudes, elles reçoivent de l'élévation de leur température, autant que des éléments chimiques dont elles sont chargées, une activité si puissante qu'elle excéderait, le plus souvent, la limite des indications, si l'attention de l'homme de l'art ne venait à propos pour les mitiger.

Elles ne conviennent pas dans les maladies aiguës et surtout dans les phlegmasies ; leur influence salutaire est évidente contre un grand nombre d'affections chroniques ;

celles qui sont le plus avantageusement modifiées sont les douleurs rhumatismales, les arthrites, les hydarthroses, les blessures par armes à feu, les engorgements des viscères abdominaux, les affections profondes de la peau, certains accidents syphilitiques, les névralgies, etc., etc.

En compulsant les archives de l'établissement militaire, qui ont été mises gracieusement à notre disposition par nos confrères de l'armée et par les administrateurs militaires, nous avons trouvé que, pendant les quatorze années d'exercice, neuf cent trente-quatre malades, atteints d'affections diverses, avaient été admis à l'hôpital; nous avons constaté individuellement pour quel genre d'affection l'admission avait eu lieu ; nous avons pu suivre, jour par jour, le régime et le traitement employés, les progrès obtenus, recueillir les observations propres à chaque malade et noter les incidents particuliers survenus pendant le cours du traitement. Nous donnerons, plus bas, les résultats de nos investigations.

Le conseil de santé des armées, par une instruction en date du 6 mars 1857, basée sur les éléments fournis, chaque année, par les médecins attachés à l'hôpital, a déterminé les cas où les eaux d'Hammam-Meskhoutine devaient être employées et ceux où elles sont inutiles ou nuisibles. Cette instruction est ainsi formulée :

EAUX D'HAMMAM-MESKHOÚTINE.

Sommaire physico-chimique.

« — Température de 95° à 64°, 60° et 46°, selon la position des sources, qui sont très-abondantes; principes minéralisateurs ; gaz acide carbonique, hydrosulfuré et azote qui se dégagent abondamment; chlorures de sodium, de magnesium, de potassium et de calcium; sulfates de chaux, de soude et de magnésie, carbonates de chaux, de magnésie et de strontiane ; enfin, arsenic, silice et matière organique ou barégine.

> 1º *Cas dans lesquels les eaux sont favorables.*

> Les eaux d'Hammam-Meskhoutine conviennent dans les affections suivantes :

> A. Douleurs, raideurs articulaires, rétractions des muscles, fausses ankyloses résultant de blessures, d'entorses, de luxations ou d'autres violences extérieures.

> B. Rhumatismes anciens, musculaires et arthritiques.

> C. Engorgement des viscères abdominaux, hydropisies passives et état cachectique, suites de fièvres intermittentes.

> D. Plaies anciennes compliquées de lésions osseuses ou de présence de fragments dont l'expulsion se fait attendre.

> E. Ulcères atoniques et fistuleux, avec carie ou nécrose des os.

> F. Affections cutanées chroniques, de nature dartreuse et autres.

> 2º *Cas où elles sont inutiles.*

> Ce sont les suivants :

> A. Abcès par congestion, à moins qu'ils ne soient ouverts et que les fistules consécutives ne paraissent dépendre seulement de lésions peu étendues et superficielles des os.

> B. Exostoses, quelles que soient leurs causes.

> 3º *Cas où elles sont nuisibles.*

> Ce sont :

> A. Les maladies de la peau récentes, superficielles et inflammatoires.

> B. Toutes les affections accompagnées actuellement ou compliquées d'accès de fièvre intermittente.

> Les eaux d'Hammam-Meskhoutine ont beaucoup de rapport avec les eaux de la chaine des Pyrénées. La présence du sel arsenical dans leur composition semble devoir leur communiquer nne efficacité spéciale contre les affections cutanées. »

Tableaux annuels des affections traitées depuis la création de l'établissement en 1844.

NATURE DES AFFECTIONS.	Guérisons.	Améliorations		Insuccès.	Totaux.
		considérables.	légères.		
1844.					
Affections de poitrine	»	»	1	1	2
Engorg. des viscères abdom. avec ascite	»	3	6	5	11
Abcès par congestion	»	»	»	1	1
Hydarthrose	»	»	2	»	2
Hydrocèle	»	»	»	1	1
Surdité, otorrhée	»	»	»	2	2
Douleurs rhumatismales	2	»	14	5	21
Engorgements glandulaires	1	»	1	2	4
Affections cutanées	1	»	8	4	13
Blessures anciennes	1	»	7	1	9
Maladie des os	»	»	»	1	1
1845.	5	3	39	23	70
Engorgement des viscères abdominaux	1	7	1	2	11
Douleurs rhumatismales musculaires	2	4	2	»	8
Accidents conséc. d'anciennes blessures	1	2	1	1	5
Douleurs musculaires et arthritiques	»	2	1	»	3
Paralysie, suite de lésions cérébrales	2	1	»	»	3
Affections cutanées	2	2	»	»	4
Orchite chronique	1	»	»	»	1
1846.	9	18	5	3	35
Hépatite chronique	»	1	»	1	2
Engorgement des viscères abdominaux	7	7	2	»	16
Douleurs rhumatismales	5	7	2	2	16
Coxalgie	»	1	»	1	2
Exostoses et douleurs ostéocopes	»	2	»	1	3
Accidents, suite de fractures	3	2	»	»	5
Accidents, suite de blessures	»	4	1	4	9
Paralysie	1	1	1	»	3
Congélations	»	»	1	10	11
Cicatrices délicates	1	»	»	»	1
Tumeur de nature inconnue	»	»	1	»	1
Affections cutanées	1	»	1	»	2
	18	25	9	19	71

NATURE DES AFFECTIONS.	Guérisons.	Améliorations		Insuccès.	Totaux.
		considé-rables.	légères.		
1847.					
Douleurs et arthrites chroniques.	9	4	1	1	15
Accidents consécutifs à des blessures. .	4	6	4	6	20
Otorrhée	»	»	»	1	1
Engorg. des viscères abdom. avec ascite.	3	3	1	»	7
Anémie consécutive aux fièvres intermit.	2·	»	»	»	2
Aménorrhée.	1	»	»	»	1
Affections de la peau.	2	4	1	»	7
Affections syphilitiques.	»	2	1	1	4
Hépatite chronique.	»	1	»	»	1
Fistule dentaire et tumeur à la joue. . .	»	»	1	»	1
1848.	21	20	9	9	59
Douleurs et arthrites rhumatismales. . .	7	8	1	»	16
Accidents consécutifs à des blessures . .	6	6	1	2	15
Carie des os	»	»	1	»	1
Affections syphilitiques.	»	1	»	»	1
Affections cutanées.	2	1	»	1	4
Paralysie	»	1	1	»	2
Gastrite chronique	»	»	»	1	1
Colique nerveuse.	»	»	»	1	1
Anémie consécutive aux fièvres intermit.	1	1	»	»	2
Anasarque	1	»	»	»	1
Engorgement des viscères abdominaux	2	2	2	»	6
1849.	19	20	6	5	50
Douleurs rhumatismales et arthrites. . .	11	17	6	1	35
Accidents consécutifs à des blessures. .	4	3	2	10	19
Affections de la peau.	4	7	3	2	16
Paralysie des extrémités	1	4	1	1	7
Engorgement des viscères abdominaux .	2	»	1	1	4
Accidents consécutifs à la fièvre intermit.	3	»	»	»	3
Engorg. strumeux des glandes cervicales.	»	»	»	1	1
Adénite syphilitique en suppuration. . .	»	»	»	1	1
Ulcère atonique à la jambe.	»	»	»	1	1
Carie des os du rocher.	»	»	»	1	1
Carie des os du tarse.	»	»	»	1	1
	25	31	13	20	89

NATURE DES AFFECTIONS.	Guérisons.	Améliorations		Insuccès.	Totaux.
		considérables.	légères.		
1850.					
Accidents consécutifs à des blessures. .	3	12	13	8	36
Douleurs rhumatismales et arthrites. . .	5	9	4	7	25
Maladies de la peau.	1	5	2	»	8
Accidents conséc. aux fièvres intermit.	»	2	»	2	4
Accidents syphilitiques consécutifs . . .	»	»	3	1	4
Paralysie	»	2	»	1	3
	9	30	22	19	80
1851.					
Accidents, suite de lésions traumatiques.	»	7	6	3	16
Paralysie	»	2	»	»	2
Affections rhumatismales.	6	6	7	2	21
Névralgie	1	»	»	3	4
Accidents consécutifs des fièvres . . . ·	2	1	»	»	3
Accidents syphilitiques.	1	2	»	2	5
Maladies de la peau.	2	1	3	2	8
	12	19	16	12	59
1852.					
Suite de lésions traumatiques.	5	6	9	7	27
Affections rhumatismales	2	5	3	2	12
Névralgie.	»	2	1	1	4
Suite de fièvres paludéennes.	1	2	1	»	4
Accidents syphilitiques.	»	2	»	»	2
Affections de la peau.	»	»	2	»	2
Ankyloses complètes.	»	»	»	3	3
Arthrite chronique.	»	»	1	»	1
Hydarthrose.	1	»	»	»	1
Paralysie incomplète.	1	2	»	»	3
Cicatrice adhérente.	»	1	»	»	1
Goutte	»	»	1	1	2
Suite de congélation	»	»	»	1	1
Tremblement, suite de choléra	»	»	»	1	1
Affections complexes.	»	»	»	2	2
Exostose	»	1	»	»	1
	10	21	18	18	67

NATURE DES AFFECTIONS.	Guérisons.	Améliorations		Insuccès.	Totaux.
		considé-rables.	légères.		
1853.					
Accidents consécutifs à des blessures. .	9	2	1	4	16
Douleurs rhumatismales et arthrites. . .	10	7	1	2	20
Faiblesse de constitution	»	1	1	»	2
Affections herpétiques	»	»	»	6	6
Accidents syphilitiques consécutifs . . .	»	1	»	1	2
Engorgement glandulaire et tumeur. . .	»	1	1	»	2
Paralysie	»	2	1	2	5
	19	14	5	15	53
1854.					
Accidents consécutifs à des blessures. .	8	»	3	2	13
Affections syphilitiques	2	2	1	2	7
Affections herpétiques	1	1	1	»	3
Paralysie.	»	1	»	1	2
Douleurs rhumatismales et arthrites. . .	10	3	7	2	22
Accidents consécutifs à la fièvre.	3	1	»	»	4
Névralgies.	2	1	2	1	6
Hydarthroses	2	»	»	»	2
Ulcère.	1	»	»	»	1
Gravelle.	»	»	»	1	1
	29	9	14	9	61
1855.					
Accidents consécutifs à des blessures . .	5	12	4	2	23
Affections rhumatismales.	7	.8	6	1	22
Névralgies.	2	1	1	1	5
Suite de fièvre intermittente.	»	»	»	1	1
Accidents syphilitiques.	»	3	»	1	4
Affections de la peau.	»	3	»	1	4
Arthrites chroniques.	»	1	2	»	3
Hydarthrose.	»	»	1	»	1
Paralysie incomplète.	»	1	1	3	5
Suite de congélation.	»	1	»	»	1
Rachitisme.	»	»	2	»	2
Scrofules	»	»	»	1	1
Otite chronique.	»	»	»	1	1
Point fistuleux avec engorgement	»	1	»	»	1
Blépharite chronique.	»	»	1	»	1
	14	31	18	12	75

NATURE DES AFFECTIONS.	Guérisons.	Améliorations		Insuccès.	Totaux.
		considé-rables.	légères.		
1856.					
Accidents consécutifs à des blessures . .	4	10	13	»	27
Affections rhumatismales.	1	11	3	»	15
Névralgies.	»	2	»	»	2
Engorgement de la rate	»	»	1	»	1
Affections de la peau.	»	1	5	»	6
Arthrites traumatiques.	1	2	2	»	5
Arthrites chroniques non traumatiques .	»	1	»	»	1
Paralysie incomplète.	1	1	»	3	5
Suite de congélation	»	2	»	»	2
1857.	7	30	24	3	64
Accidents consécutifs à des blessures. .	5	11	»	3	19
Affections rhumatismales	7	33	»	3	43
Névralgies	2	5	»	»	7
Affections de la peau.	»	2	»	1	3
Arthrites traumatiques.	1	2	»	»	3
Arthrites non traumatiques	»	5	»	2	7
Paralysies incomplètes.	»	4	»	1	5
Accidents, suite de congélation.	»	1	»	1	2
Accidents, suite de scorbut.	»	1	»	»	1
Engorgement du col utérin.	»	1	»	»	1
Accidents syphilitiques constitutionnels.	1	»	»	»	1
Ulcères aux jambes.	»	2	»	»	2
Effets généraux d'une longue maladie. .	»	2	»	»	2
Fistules urinaires	»	»	»	2	2
	16	69	»	13	98

Tableau résumé des résultats obtenus pendant quatorze ans,
de 1844 à 1857 inclus.

NATURE DES AFFECTIONS.	Guérisons.	Améliorations considérables.	Améliorations légères.	Insuccès.	Totaux.
Douleurs rhumatismales et arthrites. . .	86	135	62	34	317
Accidents consécutifs à des blessures. .	59	89	60	53	261
Maladies de la peau	16	28	25	17	86
Paralysies incomplètes.	6	22	5	12	45
Névralgies	7	11	4	6	28
Accidents conséc. aux fièvres intermit.	28	29	15	11	83
Accidents syphilitiques	4	16	5	9	34
Ulcères atoniques.	1	2	»	1	4
Carie des os	»	»	1	4	5
Engorg. strumeux des glandes cervicales.	1	1	·2	3	7
Ankyloses complètes.	»	»	»	3	3
Hydarthroses.	3	»	3	»	6
Goutte	»	»	1	1	2
Suites de congélation	»	4	1	12	17
Faiblesse de constitution	»	1	1	»	2
Rachitisme.	»	»	2	»	2
Suite de scorbut	»	1	»	»	1
Otite chronique, otorrhée.	»	»	»	4	4
Point fistuleux avec engorgement	»	1	1	»	2
Blépharite chronique.	»	»	1	»	1
Engorgement du col utérin	»	1	»	»	1
Affections de poitrine	»	»	1	1	2
Orchite chronique	1	»	»	»	1
Hépatite chronique.	»	2	»	1	3
Coxalgie	»	1	»	1	2
Tumeur de nature inconnue.	»	»	1	»	1
Aménorrhée	1	»	»	»	1
Effets généraux d'une longue maladie. .	»	2	»	»	2
1 tremblement, suite de choléra. — 1 gravelle. — 1 scrophules. — 1 hydrocèle. — 1 abcès par congestion. — 2 fistules urinaires. — 1 gastrite chronique. — 1 colique nerveuse. — 2 affections complexes	»	»	»	11	11
TOTAUX.	213	346	191	184	934

Il est bien regrettable que de semblables tableaux n'aient
pu être dressés pour les malades non hospitalisés, qui
ont été se loger sous la tente ou dans des gourbis, et dont
le nombre est plus considérable encore, et qu'il n'ait été
tenu ni notes, ni observations qui les concernent. L'on a
ainsi perdu des faits nombreux, qui, réunis et groupés,
eussent offert un très-grand intérêt au point de vue des
affections qui procèdent plus particulièrement des habitudes et des occupations de la vie civile, et de celles qui
atteignent plus spécialement les enfants et les femmes.

Ces tableaux donnent le résumé pratique de tous les
faits observés dans le service de l'hôpital militaire et la
constatation, pendant quatorze ans, de l'action immédiate des eaux dans chaque genre de maladie ; mais ils
ne doivent pas être considérés comme l'expression complète et exacte de leurs effets curatifs ; ils constatent seulement ces effets au moment où les malades ont quitté
l'établissement thermal, sans qu'il soit tenu compte de
leur action consécutive. Or, l'on sait que pour savoir ce
que peuvent les eaux, il vaut souvent mieux interroger
les malades qui les ont prises que ceux qui les prennent (1). En effet, si l'action salutaire des eaux se fait
ordinairement sentir lorsqu'on en fait usage, il arrive
bien souvent qu'elle ne se manifeste que quelque temps
après.

Nous avons pu observer ces effets consécutifs sur les
malades hospitalisés ou non, que nous envoyons chaque
année à cet établissement thermal. Nous avons constaté,
chez un grand nombre qui avaient été hospitalisés, et
qui portaient pour indication, à leur sortie : *amélioration
considérable*, comme chez ceux qui logeaient sous la tente,

______

(1) L'autorité militaire vient de prescrire des mesures pour qu'à
l'avenir il soit tenu compte des effets consécutifs des eaux.

qu'il se produisait, après leur rentrée au foyer, des effets très-remarquables occasionnés évidemment par l'action prolongée des eaux. Ainsi, nous avons vu chez beaucoup de rhumatisants, les douleurs se réveiller momentanément pendant huit, quinze et vingt jours, pour disparaître ensuite complètement. Chez d'autres, l'amélioration a continué après la sortie de l'établissement, pour passer bientôt, sans autre transition, à l'état de guérison. Dès lors, ces malades pouvaient être classés dans la catégorie des *guérisons*, dont le chiffre serait au moins doublé, si l'on prenait ces effets consécutifs en considération.

Examinons maintenant l'effet des eaux sur les principaux groupes d'affections diverses qui ont été soumis à leur action.

1° DOULEURS RHUMATISMALES ET ARTHRITIQUES.

Dans le rhumatisme chronique, le lombago, l'arthrite et toutes les affections chroniques des tissus musculaires, fibreux ou tendineux, les eaux d'Hammam-Meskhoutine ont rarement été employées sans avantages pour les malades. Ces maladies sont généralement améliorées et souvent guéries par leur usage; mais il faut qu'elles ne soient pas à l'état aigu, car, dans ce cas, loin d'être favorables, elles aggraveraient, au contraire, tous les symptômes et pourraient occasionner de fâcheux accidents.

L'emploi des eaux, dans ce groupe d'affections, a ordinairement pour premier effet de ranimer et de renouveler les douleurs avant de les calmer ; on regarde cette exacerbation momentanée comme un signe favorable de l'action des eaux, et l'on peut prévoir, dès lors, la disparution prochaine des symptômes consécutifs de la maladie, quelles que soient leur ancienneté et leur gravité.

Au tableau résumé, nous trouvons que trois cent dix-sept malades de ce groupe ont été traités à l'hôpital militaire; de ce nombre

    86 ont été guéris,
  135 considérablement améliorés,
    62 ont éprouvé une légère amélioration,
    34 sans changement.
    <u>   </u>
   317

Si l'on tenait compte des effets consécutifs, plus de la moitié des *améliorations considérables* passerait dans la colonne des *guérisons*. Il est peu d'établissements thermaux où l'on obtienne des succès aussi remarquables. Les chiffres ci-dessus parlent plus haut que tout ce que nous pourrions dire.

2° ACCIDENTS CONSÉCUTIFS A DES BLESSURES.

Les circonstances où les eaux de Hammam-Meskhoutine donnent lieu à des guérisons inespérées, c'est lorsqu'il s'agit des plaies entretenues par la présence de corps étrangers, de projectiles vulnérants, d'esquilles, d'os cariés ou nécrosés, etc., dont elles déterminent si rapidement la sortie.

Les bains chauds et les douches excitent, dans ces cas, une inflammation salutaire; cette excitation minérale est la véritable puissance médicatrice ; elle favorise l'expulsion des corps étrangers ou elle en fait connaître exactement la position. Si les seules forces de la nature ne suffisent pas pour les expulser, c'est alors qu'une main hardie, guidée par la connaissance des parties, doit l'aider, pour éviter l'épuisement des forces du malade par

la persistance des douleurs et par des suppurations in-
tarissables.

Dans les plaies anciennes et suppurantes, que les eaux
irritent et auxquelles elles communiquent une certaine
acuité, elles favorisent le développement des bourgeons
charnus, détergent les chairs baveuses et déterminent une
cicatrisation prompte et durable.

Ces eaux sont souveraines dans le traitement des vieilles
blessures, non-seulement dans celles faites par des projectiles de guerre, mais aussi bien dans celles qui proviennent d'accidents, de contusions, de chutes, etc.

Sur deux cent soixante-un malades traités à l'hôpital
militaire pour des accidents de cette nature, nous trouvons que

> 59 ont été guéris,
> 89 améliorés considérablement,
> 60 améliorés légèrement,
> 53 sans succès.
> ———
> 261

Ce résultat est encore un véritable succès.

3º MALADIES DE LA PEAU.

Cette dénomination est bien vague. En effet, les affections de la peau sont très-variées et de nature tout-à-fait
différente dans leurs formes et dans leurs principes; les
moyens curatifs à employer pour les combattre doivent
être différents selon la nature du mal et selon un grand
nombre de circonstances. Nos eaux ne peuvent pas con-
venir à tous les cas. Ainsi, les affections cutanées super-
ficielles, le pityriasis, le psoriasis n'éprouvent pas d'amé-

lioration sensible de leur usage ; tandis qu'elles ont une action curative très-puissante sur certaines dermatoses qu'elles guérissent très-bien, telles que les affections plus profondes, les dartres squammeuses, pustuleuses, lichnoïdes, etc., le prurigo, la mentagre, l'impétigo, qu'elles ne guérissent pas toujours, mais où l'on obtient presque constamment une amélioration très-marquée.

Elles ne sont réellement indiquées que quand il existe dans la constitution un vice herpétique ou syphilitique et que l'affection est ancienne.

Sur quatre-vingt-six dermatoses traitées dans l'établissement, on compte

16 guérisons ,
28 améliorations considérables ,
25 améliorations légères ,
17 insuccès.

————
86

4° PARALYSIES INCOMPLÈTES.

Dans les paralysies qui reconnaissent pour cause une inflammation aiguë ou chronique de l'encéphale ; dans celles qui suivent ou accompagnent l'apoplexie, il faut s'abstenir de l'usage des eaux ; elles ne produiraient que des effets ou nuls, ou le plus souvent nuisibles. Mais on obtient des résultats avantageux dans celles qui proviennent d'une espèce d'atrophie des nerfs eux-mêmes ; de l'inertie et de la flaccidité des muscles ; celles qui dépendent d'affections rhumatismales ; dans la paraplégie et l'hémiplégie survenues graduellement, sans compression du cerveau ; dans toutes les paralysies circonscrites et localisées ; enfin, dans celles qui sont la suite de lésions traumatiques.

Dans tous ces cas, c'est surtout sous forme de douches que les eaux doivent être employées de préférence.

Sur quarante-cinq paralysies traitées à l'établissement militaire, nous trouvons

  6 guérisons,

22 améliorations considérables,

  5 améliorations légères ,

12 insuccès.

______

45

C'est donc plus des deux tiers des malades qui ont été guéris ou soulagés.

5° NÉVRALGIES.

Les recherches auxquelles nous nous sommes livré nous ont fait reconnaitre que sous ce nom générique on avait compris diverses espèces de névralgies et les névroses.

Les résultats obtenus par l'usage de nos eaux font regretter que le nombre de malades qu'on y a envoyés pour ce groupe d'affection n'ait pas été plus considérable. Leurs effets ont été souverains dans la sciatique.

On a constaté, sur vingt-huit malades,

  7 guérisons,

11 améliorations considérables,

  4 améliorations légères.

  6 insuccès.

______

28

6° ACCIDENTS CONSÉCUTIFS AUX FIÈVRES INTERMITTENTES.

Les fièvres paludéennes, assez fréquentes dans certaines localités de l'Algérie, sont souvent suivies d'accidents consécutifs, tels que le gonflement de la rate et du foie, les congestions séreuses, la coloration jaunâtre de la peau, une sorte d'état cachectique, les diarrhées, l'anémie et la faiblesse générale.

Ce groupe d'affections comprend quatre-vingt-trois malades, où nous trouvons

      28 guérisons,
      29 améliorations considérables,
      15 améliorations légères,
      11 insuccès.
      ————
      83

En présence de semblables résultats, on ne comprend pas comment le nombre des malades de cette catégorie n'ait pas été plus considérable.

Pendant les sept premières années, on a reçu à l'établissement militaire soixante-dix malades de cette classe; tandis que pendant les sept dernières, malgré les succès précédents, il semblerait qu'on ait renoncé à en envoyer; il n'en est entré que treize ; et, cependant, dans nos hôpitaux militaires, on voit beaucoup de ces malades se traîner péniblement pendant des mois entiers, jusqu'à ce qu'un congé de convalescence ou de réforme les renvoie, à grands frais, dans leurs foyers. Ne serait-il pas plus avantageux pour ces hommes et plus économique pour l'état, de les envoyer passer une saison aux eaux d'Hammam-Meskhoutine, dont les salutaires effets ne peuvent, dans ce cas, être contestés.

7° ACCIDENTS SYPHILITIQUES.

On ne peut rien conclure des expériences en trop petit nombre faites sur les affections syphilitiques à l'hôpital militaire; le relevé porte trente-quatre malades, dont

4 guérisons,

16 améliorations considérables,

5 améliorations légères,

9 insuccès.
____

34

Il est bien regrettable qu'on n'y ait pas envoyé plus de militaires vénériens et qu'on n'ait pas tenu note des effets produits sur les malades non hospitalisés, dont le nombre a été assez considérable.

C'est déjà une grande présomption de l'efficacité de nos eaux dans le traitement des affections vénériennes, que de voir une foule d'indigènes venir en faire usage et leur attribuer des vertus spécifiques, dans tous les cas de sy-philis constitutionnelle.

Les eaux ont une action tout-à-fait différente, selon que la maladie est récente et aiguë, ou bien ancienne et constitutionnelle. Les accidents primitifs de la maladie vénérienne, quels qu'ils soient, sont généralement exas-pérés par leur usage ; les ulcères s'enflammment, les écoulements deviennent plus douloureux, les glandes en-gorgées se durcissent ; en un mot, elles sont nuisibles quand l'affection vénérienne est à l'état aigu. Mais, il n'en est pas de même dans les accidents consécutifs, secon-daires ou tertiaires de la syphilis, où la maladie est en quelque sorte transformée, où l'infection, lente et latente, s'est généralisée et a pénétré au sein des tissus ; que la présence du virus se trahisse par des signes extérieurs, ou qu'il reste inaperçu pour éclater plus tard, elles ont, dans ce cas, pour effets de dessiner en caractères plus nets les signes de la maladie, et si elles ne les guérissent pas toujours, elles agissent comme un puissant moyen curatif auxiliaire du traitement mercuriel.

Chez les huit cent cinquante-quatre sujets compris dans les sept groupes d'affections que nous venons de passer en revue, nous trouvons que les malades ont été guéris ou améliorés dans les proportions de 83 pour 100.

Ces résultats remarquables, comparés à ceux de Baréges pour les années 1848 et 1849, où la proportion n'est que de 52 pour 100, prouvent que nos eaux peuvent rendre de précieux services à la thérapeutique, et que pour assurer leur succès il doit suffire de faire apprécier leur valeur intrinsèque, qui ne saurait être contestée.

Les autres groupes pathologiques rapportés dans le *tableau résumé* ne sont pas représentés par un nombre assez considérable de malades pour que l'on puisse en tirer aucune induction. Aussi, nous nous bornons à signaler les faits sans en déduire aucune conséquence. Il est bien évident, toutefois, que parmi ces affections il en est plusieurs sur lesquelles nos eaux ne sauraient avoir d'action salutaire.

Cependant, nous ne devons pas passer sous silence quelques observations que nous avons faites personnellement sur un certain nombre de malades que nous avons envoyés aux eaux, et qui, n'ayant pas été hospitalisés, ne sont pas compris dans les tableaux ci-dessus, extraits des registres de l'hôpital, où aucune mention n'est faite de ces baigneurs.

Nous croyons inutile de parler des nombreux malades non hospitalisés qui rentreraient dans les sept catégories que nous venons de passer en revue, les résultats obtenus ayant été analogues à ceux que nous avons consignés pour l'hôpital militaire.

Nous signalerons, en premier lieu, neuf cas d'hydarthrose, où nous avons obtenu six guérisons, une amélioration et deux insuccès. Ce résultat, joint à celui qui figure au tableau (trois guérisons, trois améliorations sur six), serait bien propre à motiver l'envoi aux eaux d'un plus grand nombre de malades de ce groupe.

Plusieurs femmes atteintes d'engorgement ou d'ulcération du col utérin ont éprouvé d'excellents effets de l'usage des eaux; quelques-unes sont rentrées chez elles parfaitement guéries et sont devenues enceintes après être restées infécondes pendant plusieurs années; d'autres y ont gagné une amélioration considérable.

Quelques jeunes filles atteintes d'aménorrhée ou de chlorose ont recouvré la santé par l'emploi combiné des eaux sulfureuses à l'extérieur et de l'eau ferrugineuse à l'intérieur.

Enfin, dans plusieurs cas de coxalgie et de carie des os, nous avons obtenu des résultats très-remarquables par l'expulsion de parties osseuses nécrosées.

On observera sans doute avec étonnement qu'il est une classe d'affections les plus intéressantes qui n'est représentée au tableau que par deux malades. Nous voulons parler des maladies des organes de la respiration, où les eaux sulfureuses sont généralement indiquées. Mais si l'on considère que l'établissement actuel ne reçoit que des militaires déjà triés par le recrutement, qui n'admet pas au service les jeunes gens atteints ou même prédisposés aux maladies de poitrine, et qu'au lieu de les envoyer aux eaux on donne des congés de réforme à ceux qui contractent, pendant le temps du service, une affection de cette nature, on comprendra pourquoi nous n'avons pas de résultats numériques à présenter.

S'en suit-il de cette abstension que l'on doive conclure que nos eaux n'auraient pas d'efficacité dans le traitement de ces maladies? Nous allons examiner la question.

NOTE SUR LES MALADIES DES ORGANES RESPIRATOIRES.

En jetant les yeux sur le tableau des nombreuses maladies qui affligent l'espèce humaine, on voit qu'il n'en est pas de plus fréquentes ni de plus funestes que celles qui ont leur siége pathologique dans les organes pulmonaires. Ces affections sont si graves, si constamment mortelles et si communes dans les régions dites tempérées, que tous les médecins, de tous les temps, les ont étudiées avec un soin tout particulier.

Si, plus lentes dans leur marche et dans leurs résultats, elles causent, en général, moins d'effroi parmi les populations que les diverses épidémies contagieuses ou non qui ravagent momentanément certaines contrées, c'est que leur action incessante et leurs effets ne se font sentir qu'isolément et presque régulièrement. Cependant, il est bien évident qu'en Europe elles enlèvent, dans un temps donné, un plus grand nombre d'individus qu'aucune des épidémies les plus meurtrières.

Sous le rapport de la marche, du diagnostic, du pronostic et des lésions pathologiques, il n'est aucune maladie qui soit mieux connue ; les recherches de Laennec, Louis, Andral, Chomel, etc., ont apporté dans ce sujet une précision et une clarté inconnues avant eux. Quant à leurs causes, bien qu'on prétende en connaître un certain nombre, elles sont encore bien hypothétiques ; enfin, leur traitement, pour lequel on a épuisé toute la pharmacologie, pour lequel on a mis tour à tour à contribution les substances et les moyens les plus divers, est encore à trouver ; elles semblent se jouer des efforts constants des hommes de l'art et ne laisser aux plus habiles que le triste privilége de mieux contempler leurs ravages ; les praticiens en sont réduits à l'emploi des moyens palliatifs et au traitement des symptômes les plus apparents et les plus incommodes, l'art ne possédant aucun moyen certain de guérison.

Il est bien remarquable que parmi tant de moyens prônés et vantés comme infaillibles, puis abandonnés, l'envoi des malades dans les régions du Midi ou aux stations thermales, soit à peu près le seul qui ait été constamment conseillé. Ce n'est pas sans des motifs puissants qu'un semblable conseil est généralement donné ; s'il n'était appuyé sur des faits et des résultats avantageux, il est indubitable que ce moyen eût été abandonné comme les autres.

Examinons ces faits et ces résultats au point de vue de l'influence des eaux minérales et du climat sur le traitement des affections pulmonaires et spécialement de la phthisie tuberculeuse.

Influence des eaux. — Les médecins attachés aux stations thermales, dans leurs rapports, et les nombreux auteurs qui ont écrit sur la matière, recommandent l'application thérapeutique de certaines eaux minérales au traitement des maladies de poitrine. Ils préconisent surtout les sources sulfureuses, dont l'expérience a constaté les bons effets, telles que Bonnes, Cauterets, Saint-Sauveur, Amélie-les-Bains, Le Vernet, Labassère, Pierrefonds, etc ; bien que ces sources aient pour caractère commun la sulfuration, elles offrent, néanmoins, des différences dans leurs principes minéralisateurs qui leur constituent une spécialité, ou plutôt qui leur font accorder une préférence dans le traitement de telle ou telle forme de l'affection pulmonaire.

Le principe sulfureux des eaux de la chaîne des Pyrénées est, en général, le sulfure de sodium dans des proportions qui varient selon les sources. Les eaux de Bonnes font exception et ne leur ressemblent pas sous ce rapport ; elles ne contiennent pas de sulfure, mais de l'acide sulfhydrique. M. O. Henry, qui en a fait l'analyse, donne les résultats suivants :

Un litre d'eau renferme

Azote	traces.
Acide carbonique....................	0,0064
Id. sulfhydrique	0,0055
Chlorure de sodium..................	0,3423
Id. de magnesium	0,0044
Id. de potassium	traces.
Sulfate de chaux....................	0,1180
Id. de magnésie................	0,0125
Carbonate de chaux..................	0,0048
Silice et oxide de fer...............	0,0160
Matière organique contenant du soufre.	0,1065
	0,6164

Or, l'analogie de composition rapproche singulièrement les eaux d'Hammam-Meskhoutine de celles de Bonnes ; elles ont le même principe sulfureux ; elles sont, comme elles, remarquables par la forte proportion de chlorure de sodium, de sulfate de chaux et de matière organique qu'elles renferment. Cette analogie de composition implique l'analogie d'action thérapeutique, et, d'après M. Filhol, « les propriétés physiques et chimiques des eaux de Bonnes les distinguent de la plupart des autres sources sulfureuses de la chaîne, et justifient l'action toute spéciale qu'on leur attribue dans le traitement de certaines affections des voies respiratoires. »

Et plus loin : « Tous les praticiens sont d'accord aujourd'hui pour considérer les eaux de Bonnes comme exerçant une action toute spéciale sur les maladies des voies respiratoires (catarrhes chroniques, phthisie laryngée, phthisie pulmonaire au premier degré, asthme humide, etc.) »

Les propriétés des eaux de Bonnes, ainsi spécifiées par ce savant observateur, nous sommes conduit nécessairement par l'induction et par l'analogie, à défaut d'expériences directes, à conclure que les eaux d'Hammam-Meskhoutine doivent avoir, comme les eaux sulfureuses d'Europe et surtout comme celles de Bonnes, une influence salutaire dans le traitement des affections de la poitrine.

Selon Lallemand, c'est par les émanations qu'elles dégagent que les eaux sulfureuses exercent une puissante influence sur les organes de la respiration. C'est surtout par l'inhalation de l'acide sulfhydrique que cette influence se manifeste sur les organes affectés. Nous rapportons ce que cet illustre professeur a écrit à propos de l'établissement du Vernet, sur l'action des vapeurs sulfureuses dans le traitement de la phthisie pulmonaire.

« Tout le monde sait que les eaux hydrosulfureuses sont d'un puissant secours contre toutes les affections anciennes des poumons. On connait en particulier la réputation des eaux de Bonnes contre tous les cas de cette nature; mais, comment les emploie-t-on en général ? En bains, surtout en boisson; les eaux de Bonnes ne s'appliquent même que sous cette forme, à cause de leur basse température. Si les eaux sulfureuses sont si utiles contre les affections pulmonaires chroniques, appliquées surtout à la peau ou introduites dans les organes digestifs, de quelle efficacité ne doivent-elles pas jouir lorsqu'elles sont mises en contact immédiat avec les tissus mêmes qui sont malades, lorsqu'elles pénètrent, en un mot, dans les dernières ramifications des vésicules aériennes ! Tous les praticiens ont senti l'importance de

cette action directe, immédiate, et plusieurs ont imaginé
divers moyens de faire respirer aux malades de l'air chargé
de principes médicamenteux. Ces essais n'ont pas été
suivis de succès, parce que la respiration avait lieu à
travers des tubes plongeant dans des vapeurs destinées à
pénétrer dans les poumons ; il en est toujours résulté une
gêne dans la respiration qui ne permettait pas de prolon-
ger cette espèce de supplice au-delà de quelques minutes.
Pour obvier à cet inconvénient capital, j'ai imaginé de
faire vivre, en quelque sorte, ces malades dans l'atmosphère même des eaux sulfureuses, en leur réservant un
immense local dans lequel la vapeur, arrivant par en bas
et s'échappant par le haut, entretient la température de ce
courant continu à 18 ou 20° centigrades environ, température qu'on peut, au reste, faire varier à volonté, ainsi
que la quantité de vapeur en circulation.

» Dans le principe, on n'y reste qu'une heure ou deux,
matin et soir ; mais on s'y habitue bientôt, de manière à
y rester douze heures par jour, sans la moindre incommodité, en s'y livrant aux mêmes occupations que dans
son cabinet. Sans être médecin, on peut facilement
imaginer quelle puissante influence une médication aussi
directe, aussi permanente peut exercer sur les organes
affectés. Elle est telle, que dès les premiers jours, les
malades en éprouvent un effet sensible.

» En ce moment (c'était en 1846), il y a dans l'établissement plusieurs phthisiques qui sont guéris depuis
deux ou trois ans, et qui y reviennent passer les plus
mauvais jours de l'hiver, dans la crainte de quelque re-
chute ; plusieurs ont quitté Pise ou Naples pour revenir
se plonger dans les vapeurs qui leur ont été salutaires et
que le plus beau climat ne peut remplacer. Notez bien que
je parle ici de phthisies tuberculeuses, parfaitement constatées par l'auscultation ; de phthisies accompagnées de

sucurs nocturnes, de diarrhées colliquatives; enfin, de tous les symptômes qui accompagent la dernière période de cette terrible maladie, dont le nom seul paraît un arrêt de mort.

» C'est donc une révolution à introduire dans la thérapeutique de ces affections, non-seulement quant à l'époque de l'administration des eaux sulfureuses, mais encore quant au mode de leur emploi, puisqu'il s'agit de les faire pénétrer jusqu'aux tissus altérés, comme on applique un topique sur un mal extérieur, et cela pendant des journées entières s'il le faut. »

Par leur situation géographique, leur température, leur composition chimique et l'abondance de leurs eaux, les sources d'Hammam-Meskhoutine se prêtent admirablement à l'application thérapeutique d'après les indications ci-dessus; en effet, elles émettent incessamment du gaz acide sulfhydrique qu'il suffira de diriger pour que les malades vivent comme au Vernet, dans une atmosphère sulfureuse, et la douceur du climat, mieux qu'en Europe, permet de les administrer en hiver.

La présence de l'arsenic dans les eaux d'Hammam-Meskhoutine leur donne aussi une certaine analogie avec les eaux du mont Dore; et l'on cite en première ligne la phthisie pulmonaire parmi les maladies chroniques qui sont traitées avec le plus de succès dans cette station thermale. M. Thénard prétend qu'on ne saurait mettre en doute que ce ne soit à l'arseniate de soude que ces eaux doivent leur puissante action sur l'économie animale et leur grande efficacité dans le traitement de cette redoutable maladie.

Il serait donc à désirer qu'un établissement propre à l'administration de ces eaux sous toutes les formes fût fondé; leur efficacité ne peut être douteuse; elles se recommandent surtout par leur analogie avec les eaux de Bonnes.

Influence du climat. — Bien qu'il soit reconnu que la différence de climat exerce la plus grande influence sur la production de toutes les maladies des organes respiratoires, nous nous bornerons, dans les quelques observations qui vont suivre, à l'examen de l'influence climatérique sur la phthisie pulmonaire, comme étant le type ou l'expression pathologique la plus grave de ces affections.

Laennec, dans son immortel traité de l'*auscultation*, dit que « en général, la pneumonie est une maladie de l'hiver et des climats froids ; elle est rare dans les régions équatoriales. »

Dans un autre passage, il dit aussi que « le froid passe généralement pour être une des causes occasionnelles les plus puissantes de la phthisie pulmonaire, et il est certain que la phthisie est extrêmement commune dans le nord de l'Europe et de l'Amérique. »

Arretée, en traitant de la phthisie, a dit : *regiones autem frigidæ atque humidæ hujusce affectus germanæ sunt.*

Sydenham rapporte que la phthisie enlève le cinquième de la population en Angleterre, et que les phthisiques entrent pour les deux tiers parmi les individus qui succombent à des maladies chroniques.

Le professeur Vaidy, qui avait assisté à un grand nombre d'autopsies faites à l'hôpital civil de Lille et recueilli les observations de plusieurs praticiens de la ville, disait, dans son cours de clinique à l'hôpital militaire, que sur vingt morts on rencontrait, dans dix-neuf cas, des lésions des organes de la respiration, telles que tubercules, cavités, atrophies ou adhérences provenant de maladies antérieures ou de celles qui avaient emporté les malades.

Clot-Bey rapporte que la phthisie est excessivement rare en Egypte et que, bien plus, les individus qui arrivaient déjà atteints de cette affection, y guérissaient le plus souvent.

Il résulte des recherches si intéressantes de notre savant confrère M. Boudin (1), sur la fréquence relative de la phthisie pulmonaire dans les divers climats, que « les pays qui se font le plus remarquer par la rareté ou l'absence de la phthisie sont, en général, situés en dehors de la zone tempérée, les uns dans la région tropicale, les autres dans la région polaire. »

Toutes ces citations prouvent évidemment que les maladies des organes respiratoires sont beaucoup plus fréquentes en Europe que dans les pays chauds, et plus fréquentes surtout dans les contrées où les variations de la température sont brusques et irrégulières.

Dès les premières années de l'occupation de l'Algérie, nous avions été frappé du petit nombre de phthisiques que nous rencontrions dans nos hôpitaux. Cette remarque fut le sujet d'une lettre que nous adressâmes, en 1836, à l'Académie de médecine, où nous signalions la rareté de la phthisie pulmonaire dans le service médical dont nous étions alors chargé à Bône. Nos observations portaient sur un chiffre de six mille deux cent quarante-trois malades, où les phthisiques n'étaient qu'au nombre de douze ; ce qui donnait la proportion de

1 phthisique sur 520 malades.

Nous avions déjà, à cette époque, formulé les conclusions suivantes :

1º La phthisie est extrêmement rare chez les habitants de ce pays ;

2º Les Européens immigrés en sont rarement affectés.

3º La marche de la maladie est enrayée chez les Euroropéens phthisiques transportés en Afrique ;

4º La phthisie est loin d'être constamment mortelle ;

---

(1) *Traité de géographie et de statistique médicales*. Paris, 1857.

5° On retirerait de grands avantages de l'établissement d'un hôpital consacré au traitement des phthisiques qu'on enverrait d'Europe.

Il y a plus de vingt ans que ces conclusions ont été formulées ; à cette époque on pouvait objecter qu'elles reposaient sur des données insuffisantes ; mais, depuis lors, d'importants travaux ont été publiés sur cette matière, et de nombreux documents sont venus confirmer nos appréciations.

Plus tard, dans le service de la consultation gratuite, que nous avons établi depuis bientôt vingt ans, nous avons continué à porter notre attention vers le même objet ; nos observations nous ont conduit aux résultats suivants :

Sur un nombre de 65,343 malades de toute sorte et de toute nationalité que nous avons examinés, nous en avons trouvé 108 atteints de phthisie pulmonaire ou de pneumonie chronique, soit

1 phthisique sur 605 malades.

Ces chiffres imposants pourraient, jusqu'à un certain point, donner la mesure de l'influence que le climat de l'Algérie exerce sur le développement de la phthisie tuberculeuse et suffire pour porter la conviction dans les esprits ; mais, comme ces observations et les déductions qui en découlent nous sont personnelles et qu'elles ne concernent qu'une localité, nous croyons utile de leur donner l'appui et l'autorité des documents recueillis par plusieurs médecins sur d'autres points de l'Algérie.

Ainsi, C^{ir} Broussais, dans un mémoire communiqué à l'Académie de Médecine, rapporte que, sur 40,341 malades, il n'a trouvé que 62 phthisiques ; soit

1 phthisique sur 659 malades ; proportions plus avantageuses encore que celles que nous avons constatées nous-mêmes.

M. le Dr Cattelonp, à Tlemcen, sur 12,851 malades, a rencontré 16 phthisiques, soit

1 phthisique sur 803 malades.

M. le Dr Cambay, dans la même localité, sur 2,098 malades, a trouvé 17 phthisiques, soit

1 phthisique sur 123 malades.

M. le Dr Finot, à Blidah, a reconnu 5 phthisiques sur 9,878 malades, soit

1 phthisique sur 1,975 malades.

M. le Dr Bruguières, à Miliana, porte 9 phthisiques sur 807 malades, soit

1 phthisique sur 89 malades.

Quant à cette dernière proportion, si elle était établie sur des chiffres plus élevés, elle viendrait, jusqu'à un certain point, confirmer la règle de la fréquence de la phthisie dans les régions froides. En effet, Miliana se trouve dans l'intérieur du pays, au milieu de hautes montagnes, à une altitude de neuf cents mètres au-dessus du niveau de la mer. La rigueur des hivers et la quantité de neige qu'il y tombe lui donnent beaucoup d'analogie avec les régions du nord de la France.

RÉCAPITULATION.

		Nombre de malades.	Nombre de phthisiques.
Alger ...	C^{ir} Broussais....	40,341	62
Tlemcen.	Dr Cattelonp....	12,851	16
Id...	Dr Cambay	2,098	17
Blidah ..	Dr Finot	9,878	5
Miliana..	Dr Bruguières...	807	9
Bône ...	Dr Moreau......	65,343	108
		131,318	217

Il est très-remarquable que les chiffres réunis de toutes ces observations faites sur divers points de l'Algérie donnent exactement la même proportion de phthisiques que celle que nous avons établie à Bône, soit

1 phthisique sur 605 malades.

Examinons maintenant dans diverses localités qu'elle est la proportion relative des décès par phthisie pulmonaire, par rapport à ceux provenant de toutes les autres causes.

Sur 1,000 décès, on compte à

Londres	236	par phthisie	(Fabre).
Paris	200	id.	id.
Glascow	171	id.	(Boudin).
Malte	127	id.	id.
Edimbourg	119	id.	id.
Vienne	114	id.	id.
Munich	107	id.	(Fabre).
Sainte-Hélène	105	id.	(Boudin).
Naples	80	id.	(Andral).
Berlin	71	id.	(Fabre).
Nice	70	id.	(Andral).
Stockholm	63	id.	(Lée).

Pour établir la comparaison des décès en Algérie avec les résultats ci-dessus, nous puiserons de précieux renseignements dans l'intéressant travail de M. le Dr Mitchell (1), publié par la *Gazette médicale de l'Algérie*.

Nous rapportons d'abord les chiffres comparatifs résultant de nos recherches personnelles. Nous avons, depuis dix ans, tenu note exacte de tous les décès qui ont eu lieu dans la ville de Bône, avec l'indication aussi précise

____

(1) *L'Algérie. Son climat et sa valeur curative.*

que possible de la maladie qui a occasionné la mort. Le relevé de ces dix années nous donne 4,036 décès par toutes causes, comprenant 124 décès par phthisie, soit,

Sur 1,000 décès, 30 1/2 par phthisie.

D'après le Dr Mitchell, sur toutes les classes de la population algérienne, sans distinction de rang ni de résidence, civils ou militaires, Européens, Arabes, Nègres, dans les hôpitaux comme dans les maisons privées, sur la côte comme dans l'intérieur, les relevés montrent que 20,955 décès de toutes causes, en renferment 759 de phthisie, soit,

Sur 1,000 décès, 36 par phthisie.

Si, d'après le rapport entre le nombre de décès de phthisie et celui des décès en général, on compare l'Algérie à la Grande-Bretagne et à la France, la conclusion ne laisse ni doute ni difficulté : la différence est grande ; la phthisie est le fléau habituel de ces derniers pays ; dans l'Afrique française elle n'intervient qu'exceptionnellement.

M. le Dr Mitchell résume son remarquable travail dans les conclusions suivantes :

« Dans le courant de cette discussion, j'ai exposé les opinions des autres de préférence aux miennes. Je n'ai eu d'autre désir que d'apporter des preuves, et je me suis efforcé de le faire aussi complètement que possible. Je ne me suis point proposé pour but des théories et des explications finales. L'immunité que j'ai cherché à faire prévaloir tient-elle exclusivement au climat ou au sol ? dépend-elle de l'un d'eux, des deux ensemble ? est-elle étrangère à l'un et à l'autre ? Là n'est pas, pour moi, la question. Mon dessein était d'établir les motifs d'une réputation de salubrité, leur valeur et le degré de probabilité qu'ils empruntent aux statistiques.

» Si, sur quelques points de la pathologie algérienne

il peut exister une divergence d'opinions entre les médecins qui ont été appelés à l'étudier, il en est un, du moins, pour lequel ils sont unanimes : c'est celui-là que nous avons traité. Quelques observateurs sont moins explicites que les autres, mais tous tombent généralement d'accord quant au fond, et cette conformité de vues est sans doute un argument de nature à nous impressionner vivement.

» Pour résumer tous ces aperçus, je dirai :

» 1º Les chiffres relatés et les opinions exprimées par les médecins nous permettent de conclure que la phthisie est une maladie beaucoup plus rare en Afrique qu'en Europe ou dans l'Amérique du Nord ;

» 2º D'après les mêmes documents, nous pouvons, avec autant de garantie, avancer que les autres maladies des organes respiratoires sont moins fréquentes en Algérie ;

» 3º Le nombre et le caractère des témoignages invoqués portent à croire que des recherches nouvelles confirmeront de plus en plus les résultats proclamés.

» C'est beaucoup, sans doute, que d'avoir déjà établi cette présomption qu'à Alger l'évolution des tubercules s'arrête, jusqu'à un certain point, chez les sujets prédisposés, et que chez ceux où elle existe déjà — à un faible degré, — les progrès de la maladie sont enrayés, tandis que les symptômes généraux s'amendent complètement pour affecter les dehors d'une *guérison*. Cette conclusion paraîtra sans doute moins justifiée que les précédentes, et l'on aura raison peut-être de regarder celles-là comme seules légitimes. Mais, bien qu'elle repose sur une base moins satisfaisante, encore permettra-t-elle de penser que les malheureux qui recherchent l'Afrique pour guérir une affection dans laquelle, selon sir Thomas Browne, « il » est aussi dangereux d'être condamné par un médecin » que par un juge, » ceux-là, dis-je, n'auront pas tout-à-fait en vain mis leur espoir dans un changement de climat.

Nous ajouterons, avec le même auteur : « C'est encore un
» bienfait que de pouvoir transporter son existence là où
» l'air, la terre et l'eau ne provoquent pas les infirmités
» de nos parties les plus faibles, et c'est une chance
» salutaire aussi que de chercher de bonne heure un
» asile dans ce pays capable d'amender, et parfois de
» réprimer ces infirmités ! »

Nous terminerons ces observations sur l'influence que
le climat de l'Algérie exerce sur la diathèse tuberculeuse
en rapportant le résumé de l'opinion de quelques médecins observateurs qui, pendant de longues années, ont
exercé ou exercent encore la médecine en Algérie.

C^{ir} Broussais (1) fait cette observation : « Ce genre de
maladie (la phthisie) est, sans aucun doute, beaucoup
moins fréquent dans nos possessions d'Afrique qu'en
France, et la différence est si grande qu'elle ne peut dé-
pendre que du climat; aucune cause secondaire ne saurait expliquer un semblable effet. »

M. le Dr Boudin (2) a écrit sur le même sujet : « La
rareté des maladies de poitrine à Alger est telle, qu'il
m'est arrivé bien souvent d'être chargé de la visite de
plusieurs centaines de fiévreux, sans avoir occasion d'appliquer une seule fois l'auscultation, la percussion des
organes respiratoires. Sur un nombre total de 12,853
malades que j'ai traités, tant à l'armée d'Afrique qu'au
lazaret de Marseille, j'ai rencontré seulement 31 phthisiques, dont 25 avaient incontestablement été tuberculeux
avant leur embarquement pour la Morée ou pour l'Algérie. »

M. le Dr Martin, médecin à Alger, constate d'abord que
tous les médecins d'Afrique sont unanimes sur ce point que

---

(1) *Mémoires de médecine militaire.*
(2) *Traité des fièvres intermittentes.*

la maladie est rare et tout-à-fait exceptionnelle dans la population indigène, et il ajoute, comme opinion personnelle, qu'elle est rare aussi parmi les Européens, « chez lesquels ses progrès sont assez lents pour permettre à la nature d'organiser ses moyens de défense, et par suite, de guérison. De plus, en Algérie, la constitution change et perd sa tendence aux tubercules ; en un mot, rien n'est plus rare dans ce pays que le développement des tubercules sur les Européens (1). »

M. le Dr Armand dit : « On ne saurait contester que parmi les soldats la phthisie est moins fréquente en Algérie qu'en France (2). »

M. le Dr Champouillou, dans un article intitulé : *l'Algérie et les phthisiques* (3), s'exprime ainsi : « Pour moi, je suis convaincu qu'un sujet phthisique au premier degré, qui choisirait sa résidence à propos sur le sol algérien, aurait presque la certitude d'y guérir, ou pour le moins de s'y améliorer. »

M. le Dr Dru, médecin civil à Alger, résume ainsi son opinion :

« 1º Les poitrinaires peuvent trouver sous le beau ciel d'Alger un soulagement à leur affection, ils peuvent même y guérir ;

» 2º Le climat d'Alger est réfractaire à la génération et au développement des tubercules ;

» 3º Cette production morbide ne s'observe que très-exceptionnellement dans la population indigène ;

» 4º Les Européens qui n'apportent pas avec eux les germes de la maladie à Alger, ne deviennent presque jamais phthisiques ;

---

(1) *Manuel d'hygiène.*
(2) *L'Algérie médicale.*
(3) *Gazette des hôpitaux.*

» 5° Ceux qui apportent non-seulement une prédisposition, mais même des tubercules crus dans les poumons, guérissent fréquemment;

» 6° Lorsque les tubercules sont ramollis, le climat cesse d'être favorable. »

M. le Dr Foley, médecin en chef de l'hôpital civil d'Alger, affirme que la phthisie est excessivement rare à Alger, tant chez les Européens que chez les indigènes, et que, apportée dans ce pays, non-seulement elle cesse de progresser, mais elle cède la place à une amélioration parfaitement marquée.

Enfin, M. le Dr Bertherand, médecin principal, rédacteur de la *Gazette médicale de l'Algérie*, dans une lettre adressée à M. le Dr Mitchell, formule ainsi son opinion :

« 1° La phthisie est une maladie rare en Algérie;

» 2° Le climat algérien arrête, ou du moins ralentit manifestement les progrès de la tuberculisation naissante;

» 3° Les chaleurs hâtent sûrement la marche d'une tuberculisation avancée. »

L'opinion de ce savant observateur reçoit une grande autorité des nombreux travaux qu'il a publiés et de sa longue pratique dans ce pays; elle est surtout d'une haute valeur dans toutes les questions qui se rattachent à la pratique de la médecine en Algérie.

Nous avons dit plus haut que l'envoi des malades phthisiques dans les pays chauds et l'emploi des eaux minérales étaient les deux moyens généralement conseillés contre cette redoutable maladie.

Si d'une part on envoie les poitrinaires passer l'hiver à Montpellier, à Hyères, à Nice, à Naples et dans toute l'Italie, c'est parce que le climat y est plus doux et moins variable que dans le nord de la France et qu'en Angleterre; que la constance et la régularité de la température sont les conditions climatériques les plus favorables à ces malades.

Si, d'une autre part, les eaux minérales ont des propriétés spéciales favorables aux poitrinaires, il ne faut pas oublier qu'elles doivent généralement cette spécialité d'action à leur qualité sulfureuse.

Or, la station d'Hammam-Meskhoutine possède providentiellement ces deux éléments, que l'on ne trouve réunis sur aucun point du continent européen. Nul doute que la combinaison et l'application simultanée de ces deux moyens curatifs ne puisse exercer la plus heureuse influence sur les affections pulmonaires en général, et en particulier sur la tuberculisation. Un des principaux avantages de notre climat est qu'on peut, en hiver, à l'éclat d'un beau soleil et à l'aspect d'une belle végétation couvrant un sol très-varié, y prendre de l'exercice journalier et y vivre beaucoup plus en plein air que dans les localités précitées.

Lorsque, en Europe, l'on connaitra mieux les charmes et les avantages hygiéniques de cette station, si favorable aux poitrines délicates et déjà compromises, il n'est pas douteux qu'elle n'attire à elle un grand nombre de malades qui viendront y passer l'hiver. Il ne lui manque que la vogue pour en faire un séjour récréatif et salutaire.

Il est bien regrettable que les poitrinaires qui abandonnent les pays du nord pour des contrées plus favorables à leur état n'aient pas pris, jusqu'ici, en plus grand nombre, le chemin de l'Algérie, ils y trouveraient assurément une amélioration notable.

Enfin, il est admis généralement que les voyages exercent une heureuse influence sur la phthisie qui n'est encore qu'au premier degré. La navigation a surtout été préconisée, et Laennec considère l'air de la mer comme très-favorable. Le transport en Algérie permet encore de remplir heureusement ces indications.

XI.

MODE D'ADMINISTRATION.

Les moyens de traitement qui seront mis en usage dans l'établissement en projet sont l'eau minérale en boisson, les bains, les douches, les bains de vapeur locaux et généraux, les douches écossaises, la cure d'inhalation, le massage, etc. Ces eaux réunissent en outre les conditions les plus favorables pour établir des bains à températures extrêmes, qui forment un des éléments essentiels du traitement hydrothérapique. L'eau chaude vient se mêler à l'eau froide au pied de l'établissement. On mettra aussi en usage les précieuses sources ferrugineuses.

Il n'est guère possible de fixer des règles particulières pour chaque cas et chaque maladie, parce qu'une variété infinie de circonstances et de constitutions exigeraient des détails infinis. Cependant, la manière de prendre les eaux est loin d'être indifférente, elle entre pour beaucoup dans les résultats qu'on en obtient. Nos eaux demandent une grande attention de la part du médecin qui doit diriger les influences qu'elles exercent sur les malades par leur

action propre et par celle que leur impriment les variations de l'atmosphère et la constitution climatérique. Elles
ont une action des plus énergiques que les circonstances
et le genre de maladie doivent faire modérer ou accroître;
ainsi, le bain à température élevée détermine, dans les
premiers moments de l'immersion, une sensation agréable
de chaleur et une sorte de bien-être général; mais bientôt
la respiration s'accélère, le cœur bat plus vite, la face se
colore et devient vultueuse : c'est le moment de sortir du
bain sans retard, si l'on veut éviter de graves accidents.

Vouloir indiquer d'avance combien de verres seront bus,
combien de douches, combien de bains seront pris, c'est
s'exposer à commettre de graves méprises, car on ne
peut jamais savoir, *à priori*, comment les eaux seront
supportées par tel ou tel malade.

Il est des malades qui, pour rendre leur guérison plus
prompte et plus certaine, ne mettent aucune borne dans
le nombre de leurs bains et le temps qu'ils y passent.
Presque toujours les baigneurs, dans leur impatience
de guérir, ont de la tendance à outre-passer les prescrip-
tions du médecin; les uns boivent avec excès, persuadés
que leur soulagement futur doit se mesurer à la quantité
d'eau minérale qu'ils absorbent; d'autres font abus de la
douche, ou prennent des bains trop prolongés, ou bien
les répètent trop souvent. Or, il n'en faut pas davantage
pour compromettre plus ou moins le succès de la cure.
Ils agissent comme le malade qui s'empoisonne en pre-
nant d'un seul coup une potion qu'il devait prendre par
cuillerées, d'heure en heure.

Une saison se compose en général de trente à quarante
jours; mais une multitude de circonstances peuvent en
modifier la durée. Ce qui distinguera l'établissement futur
et ce qui doit constituer une spécialité de nos eaux, c'est
la possibilité de suivre la médication pendant l'hiver; les

malades atteints d'affections des organes thoraciques se trouveront également bien, dans cette saison rigoureuse, de l'effet des eaux et de l'influence d'un climat doux et tempéré.

La prodigieuse quantité d'eau que les sources débitent permettra d'avoir constamment de l'eau courante dans les piscines et les baignoires. Les douches de toute sorte seront largement alimentées ; la chute des douches descendantes sera graduée à volonté, et elle pourra atteindre, au besoin, une grande hauteur. Les vapeurs qui s'échappent des griffons seront naturellement conduites dans un vaporarium.

Nos eaux laissent dégager constamment dans l'atmosphère des quantités considérables de gaz acide sulfhydrique ; jusqu'ici, l'influence que ce précieux agent peut exercer sur certaines maladies a été négligée. Il conviendra de disposer les choses de manière à l'utiliser dans l'établissement futur, en imitant ce qui se pratique au Vernet, où il est employé très-avantageusement sous forme d'inhalation. Ce gaz, à l'état vierge, pourra ainsi être respiré dans l'établissement même.

Le calorique que les sources communiquent au sol sur une grande surface ne permet pas à la neige qui y tombe quelquefois en petite quantité pendant l'hiver de s'accumuler ; elle fond, pour ainsi dire, au fur et à mesure qu'elle approche du sol. Ce même calorique, convenablement dirigé, entretiendra dans l'établissement une température constamment douce, d'où résultera une atmosphère sulfureuse, tempérée et légèrement humide, qui exercera sur les organes affectés la plus heureuse influence. D'ailleurs, quelle que soit la rigueur de la saison, le thermomètre se maintient toujours à plusieurs degrés au-dessus de zéro.

Bien que l'on puisse prendre les eaux d'Hammam-

Meskhoutine en toutes saisons, les époques les plus favorables sont du 1ᵉʳ octobre au 30 juin ; les chaleurs des mois de juillet, août et septembre sont très-fortes et pourraient incommoder les personnes non acclimatées. Les trois mois d'hiver sont pluvieux ; cependant, comme les pluies ne sont pas constantes et qu'il y a habituellement de longues séries de beaux jours, le séjour ne saurait y être désagréable.

XII.

ÉTABLISSEMENT MILITAIRE.

Il y a quinze ans que notre illustre maître, M. Bégin, président du conseil de santé des armées, se trouvant en tournée d'inspection médicale en Algérie, fut conduit par curiosité à aller visiter la vallée d'Hammam-Meskhoutine, dont on lui avait vanté les beautés pittoresques, l'abondance des eaux thermales, leur température élevée et leur mode extraordinaire d'émergence. Ce savant inspecteur, de son œil sûr et perspicace, reconnut bientôt tout le parti qu'on pouvait tirer, au bénéfice des malades de l'armée et du trésor, de ces importantes sources, dont l'analyse remarquable de M. Tripier avait déjà fait connaître les éléments minéralisateurs. C'est sur son rapport que M. le ministre de la guerre ordonna la création d'un établissement militaire à Hammam-Meskhoutine, destiné à remplacer les eaux de France pour les militaires infirmes ou convalescents de l'Algérie.

Cet établissement est situé à l'ouest des sources thermales, sur le bord d'un plateau voisin et séparé de celles-ci

par la largeur du ravin où coule l'Oued-Chedakra. C'est
en 1844 qu'il fut créé par la construction de baraques en
planches destinées, les unes à loger les malades, les
autres à couvrir les piscines, les douches et les bains de
vapeur. Les premières ont été bientôt remplacées par des
bâtiments en maçonnerie, qui se composent aujourd'hui
de trois corps de bâtiments rectangulaires, parallèles,
exposés à l'est, avec deux cours intermédiaires qui les
séparent; le tout formant un carré presque parfait de
soixante-dix à quatre-vingt mètres de côté. Les trois bâtiments sont reliés entre eux à leurs extrémités par des
murs qui forment les clôtures des cours.

Le premier bâtiment renferme les logements des officiers de santé et d'administration, la cuisine, la dépense,
le corps de garde et autres dépendances. Il est formé d'un
pavillon central qui a un rez-de-chaussée et un étage, et
de deux ailes à rez-de-chaussée seulement; la porte principale d'entrée de l'établissement, faisant face à l'est, se
trouve au milieu du pavillon. Il est séparé du deuxième
bâtiment par une cour de seize mètres de largeur et d'une
longueur déterminée par celle des bâtiments.

Le deuxième bâtiment est affecté aux malades; il n'a
qu'un rez-de-chaussée, divisé au centre par un passage
voûté qui conduit dans la seconde cour. A droite et à
gauche de ce passage on trouve quatre chambres à deux
lits destinées aux officiers; à droite, une salle de quinze
lits pour les femmes et une salle pour le logement des
infirmiers; à gauche, une grande salle contenant vingt-
huit lits. Ce bâtiment est séparé du troisième par une
cour semblable à la précédente, de vingt mètres de
largeur.

Le troisième bâtiment a un rez-de-chaussée et un étage
avec un escalier au milieu. Il est composé de quatre salles,
contenant ensemble cent seize lits.

Nous avons remarqué avec étonnement qu'il n'y avait pas de pharmacie ni de chapelle.

La partie de l'établissement destinée à l'usage des eaux se compose de quatre bassins d'origine romaine, restaurés en 1844, où les malades se baignent. Ils sont à une distance d'environ cent mètres de l'établissement principal, dont ils sont séparés par le ravin où coule l'Oued-Chedakra. Le bassin n° 1 est un carré parfait, d'une capacité de 28,000 litres; le n° 2 représente trois quarts de cercle coupé par une corde, il contient 5,000 litres; le n° 3 a la forme d'une cornue, il est à peu près de même capacité que le précédent; le n° 4 est allongé, avec trois contreforts intérieurs, il peut contenir 10,000 litres. Leur profondeur est d'environ un mètre. Ils sont couverts par des baraques en planches tombant déjà de vétusté et présentant un aspect disgracieux et misérable; les planches sont disjointes et laissent pénétrer des courants d'air qui peuvent être très-préjudiciables aux baigneurs.

L'eau tombant dans les bassins presque immédiatement à sa sortie des sources se refroidit lentement, et l'on ne peut administrer les bains que douze ou vingt-quatre heures après que les bassins sont remplis.

Les bains de vapeur se donnent dans une caisse en bois dressée immédiatement au-dessus du griffon d'une des sources; les malades reçoivent directement les vapeurs, dont on ne peut modérer la quantité ni la température, malgré une espèce de soupape en planche qui ne fonctionne pas. Cette installation vicieuse est extrêmement incommode pour les malades; elle les expose à être asphyxiés, ou à se trouver en partie en plein air.

Les douches sont placées dans une espèce de caverne qui sépare deux rochers. La hauteur de la chute est de trois mètres quarante centimètres. Dans cet intervalle étroit, les malades ont de la peine à se mouvoir et sont dans la position la plus gênante. Il n'existe aucun cabinet et l'on n'y trouve pas de baignoires particulières. On ne peut se faire une idée du délabrement et de l'incommodité de ces baraques; leur aspect a quelque chose de réellement affligeant. Mais, très-heureusement que, par les guérisons les plus admirables, les sources font pardonner le vice de leur aménagement.

Une nouvelle piscine a été construite l'année dernière (1857), mais elle n'a pas été terminée assez tôt pour qu'on pût la mettre en usage pendant la saison. Elle est bâtie en bonne maçonnerie, dans le fond du ravin, à cinquante mètres environ de l'établissement. Elle renferme neuf baignoires séparées, qui peuvent recevoir chacune six baigneurs.

Cet établissement est spécialement destiné au traitement des militaires; cependant, on y admet un certain nombre de malades indigents civils et des employés des administrations, qui sont hospitalisés au moyen d'un billet d'entrée régulièrement dressé comme pour les hôpitaux ordinaires. Quant aux autres malades civils, leur position est fort difficile : ils doivent se loger sous la tente, emporter avec eux les objets de literie, les meubles, là batterie de cuisine, etc., dont ils peuvent avoir besoin pendant leur séjour; ils s'approvisionnent difficilement et à grands frais, à Guelma et à Bône, des objets de consommation. Ils ont la faculté d'user des eaux sous leurs diverses formes, avec l'autorisation du médecin de l'établissement.

C'est avec étonnement que nous avons remarqué qu'il n'existait pas de pharmacie dans l'établissement, et que le médecin soit obligé de demander à Guelma les médicaments au fur et à mesure des besoins. Mais, ce qui nous a le plus étrangement surpris, c'est l'absence complète de tout instrument de météorologie. Il n'y a ni baromètre, ni thermomètre, ni pluviomètre, etc., rien, enfin, qui puisse faire apprécier la constitution climatérique, les variations atmosphériques et la température de l'air et des eaux. Bien plus, lorsque le médecin veut s'assurer que la chaleur des bains et des douches est à un degré convenable, il n'a d'autre moyen que de plonger la main dans l'eau. On ne comprend pas qu'un établissement de cette importance soit privé d'instruments spéciaux aussi nécessaires.

Quoique ces difficultés empêchent beaucoup de malades et de curieux de profiter des bienfaits de ces eaux et des charmes de la contrée, on est étonné de voir se grouper autour de l'établissement un nombre considérable de tentes, de gourbis, de baraques en feuillages où viennent s'installer une foule de familles européennes. Quoi qu'il en soit des légendes, les indigènes, maures et juifs, se rendent en grand nombre aux eaux, où ils s'installent de la même manière.

La saison pour l'établissement militaire commence le 1er avril et finit le 30 juin.

XIII.

PROJET D'ÉTABLISSEMENT CIVIL.

Les résultats curatifs obtenus pendant la dernière saison des eaux d'Hammam-Meskhoutine ne sont pas moins remarquables que ceux des années précédentes; les nombreux valétudinaires ou impotents qui sont venus y chercher du soulagement à leurs douleurs sont presque tous rentrés chez eux enchantés des effets merveilleux de ces eaux; par leur composition et leurs propriétés démontrées, elles offrent un agent précieux au point de vue de la médecine et elles constituent une richesse qui doit contribuer à l'agrément et à la prospérité de la province.

L'influence salutaire qu'elles ont exercé dans le traitement de certaines maladies est consacrée par le grand nombre de guérisons constatées par les médecins attachés à l'établissement militaire et par le témoignage des malades eux-mêmes, que nous avons vus se faire transporter péniblement en litière ou en voiture, épuisés par des maladies chroniques ou par de longues douleurs, et qui, aujourd'hui, se promènent gaillardement la canne à la main.

Si les malades ont lieu de se féliciter de leur guérison

ou du bien-être que l'usage des eaux leur a procuré, ils se plaignent hautement des difficultés, des ennuis et des désagréments de toutes sortes qu'ils ont éprouvés pour s'y rendre et pendant le séjour qu'ils y ont fait. A part quelques malades civils privilégiés que l'administration militaire veut bien admettre à l'hôpital, tous les autres visiteurs sont obligés de s'installer en camp volant. Pas un lit, pas un abri. Ils doivent se pourvoir de tout et faire tout transporter à grands frais : tente, literie, batterie de cuisine, meubles indispensables, provisions alimentaires, etc. Qu'on juge des difficultés, des embarras et de la dépense d'un pareil voyage pour le commun des malades. Et, cependant, leur affluence augmente chaque année. Celle des curieux et des touristes s'accroît également. Mais ces étrangers, qu'attire un site merveilleux, ne peuvent séjourner que pendant quelques heures. Comment trouveraient-ils à se nourrir et à se loger ? Ils repartent presque aussitôt et se sauvent à Guelma ! Avant tout il faut vivre !

Cet état de choses a empêché jusqu'ici une foule de personnes malades d'aller profiter des bienfaits de ces thermes. L'habitation sous la tente n'a rien de bien séduisant pour ceux-mêmes qui se portent bien, à plus forte raison est-elle pénible pour des malades habitués à l'aisance ; ils se trouvent exposés à subir l'influence fâcheuse des variations atmosphériques et à voir leur guérison entravée. Or, l'on sait bien que les malades qui vont aux eaux désirent y trouver, avec la santé, le bien-être et même le plaisir, qui, s'il ne guérit pas, fait du moins oublier la souffrance.

Aujourd'hui qu'on est fixé sur les propriétés et sur l'efficacité des eaux par quatorze années d'une expérience soutenue et intelligente, cette position intolérable ne peut durer plus longtemps. Le moment est venu de s'occuper sérieusement d'un établissement convenable où malades et curieux puissent non-seulement trouver un asile et l'existence sans être obligés de tout transporter avec eux, mais encore leur offrir les soins, les distractions, les plaisirs et le bien-être que l'aisance et la richesse peuvent se procurer en tout autre pays.

Supposez pourtant, dans ce lieu sauvage et dénué de toutes ressources, dans cet endroit inhospitalier aux visiteurs, supposez un établissement somptueux, largement constitué, parfaitement approprié aux besoins et aux exigences de sa destination spéciale ; supposez-le disposé de manière à héberger, dans ses spacieuses dépendances, les malades, et en même temps à donner une fastueuse hospitalité et à procurer tout le bien-être et le confort possibles aux touristes et aux visiteurs étrangers ; quelle différence ! quelle vie ! quelle animation ! quel profit pour la contrée avoisinante et pour l'Algérie tout entière !

Favorisé par des conditions aussi avantageuses que celles que nous avons signalées, un établissement thermal à Hammam-Meshkoutine, s'il est bien entendu et conçu sur de grandes proportions, aura les plus grandes chances de succès et de réussite ; il pourra concourir puissamment à la prospérité de l'Algérie en y attirant les malades et les curieux étrangers. Les beautés pittoresques de la localité, les effets presque merveilleux des eaux, la douceur du climat, la facilité de prendre les bains en toute saison, etc., tout concourt, en un mot, à assurer la réussite de cette station balnéaire appelée à devenir un jour le rendez-vous de la bonne compagnie, des malades et des touristes de tous les pays.

C'est sous l'inspiration de ces idées, qu'aidé par une compagnie financière, nous avons sollicité du gouvernement la concession des eaux, pour y créer immédiatement un établissement thermal à l'instar de ceux d'Europe les mieux organisés.

Quelques détails sur notre projet feront apprécier l'importance et les avantages de l'établissement; il comprend les constructions et les travaux ci-après :

1º Un vaste hôtel avec ses dépendances, bâti en style mauresque, dont les plans de distribution se rapprochent autant que possible de ceux de l'établissement de Néris. Il sera situé sur un plateau garni de magnifiques oliviers dominant les sources chaudes, dont il est distant d'environ trois cents mètres. Un parterre et des plantations l'entoureront de toute part, des eaux fraîches amenées de la montagne formant des jets d'eau activeront la végétation des nouvelles plantations et entretiendront une douce et agréable fraîcheur. Le rez-de-chaussée contiendra salle à manger, salle de billards, bibliothèque, salon de conversation, salon de grande réunion et de spectacle, logements du directeur, des médecins et des employés, lingerie, chapelle, pharmacie, etc. Le premier étage, outre quelques salons, sera divisé en chambres seules ou réunies en appartements. Le deuxième étage sera disposé pour les malades dont la dépense doit être modérée et pour le logement des domestiques. Les cuisines, l'office et leurs dépendances seront placés dans des caves surélevées. L'hôtel contiendra environ deux cents lits, il sera garni d'un mobilier en rapport avec son importance, où sera compris un théâtre portatif.

2º Un bâtiment contenant une piscine de natation et deux autres piscines pour bains, l'une particulière destinée aux pensionnaires de l'hôtel; l'autre publique pour les malades peu fortunés qui prendront gratuitement les bains. L'abondance des sources permet d'y entretenir un courant continu.

3º Un bâtiment contenant dans des cabinets quatre-vingts baignoires où l'eau sera constamment courante.

4º Un bâtiment pour les appareils à douches descendantes, ascendantes et écossaises, et un *vaporarium* pour la cure d'inhalation.

5° Un autre pour les bains de vapeur, les étuves et le massage.

6° Quarante maisonnettes ou cottages de trois pièces et un cabinet de bains pour les familles.

7° Vingt maisonnettes de cinq pièces et cabinet de bains.

Chacune de ces maisonnettes sera entourée d'un jardin arrosé à eau courante ; elles seront toutes convenablement meublées et placées près des ravins boisés remplis de verdure. Les familles y trouveront les avantages de l'habitation séparée.

8° Toute la partie du territoire déjà naturellement boisée sera transformée en un parc clos de cinq cents hectares environ, réservé pour la chasse, et un autre parc plus petit pour la promenade. Le reboisement se fera sur toutes les parties où il sera reconnu nécessaire. Le gibier sera entretenu et multiplié convenablement. Plusieurs kiosques ou pavillons seront jetés dans l'intérieur des parcs.

9° Les belles sources ferrugineuses, presque inconnues jusqu'ici, seront aménagées et utilisées. Une construction spéciale leur sera affectée.

10° Près de l'hôtel seront construits les communs, les écuries et les remises.

11° Une pièce d'eau d'une superficie d'environ vingt mille mètres sera ménagée dans un ravin qui se trouve à portée de l'hôtel. Elle sera alimentée par des eaux tièdes qui permettront la natation en tout temps.

12° A une lieue et demie de l'établissement, une glacière à son usage sera construite sur la montagne du Taïa, couverte de neige pendant une partie de l'hiver.

13° Des voitures, des chevaux, des ânes seront à la

disposition des baigneurs pour les courses et les promenades qu'ils voudront faire dans les environs.

14º Enfin, l'établissement sera pourvu de tous les objets qui peuvent concourir à l'amusement, aux plaisirs, aux distractions et au bien-être des baigneurs.

Quant au séjour d'Hammam-Meskhoutine, il offre, aux personnes moins valides, de tranquilles promenades sous de frais ombrages ; aux plus robustes, de magnifiques excursions dans les vallées et les montagnes voisines, où se trouvent de remarquables ruines romaines, des grottes d'une profondeur incommensurable et des rochers gigantesques ; ceux-ci y trouveront encore l'exercice si salutaire de la chasse dans une contrée des plus giboyeuses. Il n'existe peut-être pas en nul autre endroit un plus admirable pays de chasse : le terrain est très-accidenté, traversé par une foule de sentiers et de ruisseaux et couvert de myrtes, d'oliviers, de lentisques, où l'on ne peut faire un pas sans y rencontrer toute espèce de gibier.

Les amateurs d'archéologie viendront visiter cette contrée avec intérêt ; ils pourront exercer leur science à la recherche de l'origine et de l'antiquité des ruines nombreuses dont les historiens modernes se sont fort peu occupés jusqu'ici ; on peut même affirmer que cette région est restée, au point de vue scientifique, complètement inexplorée jusqu'à ce jour, quoiqu'elle ait dû jouer, par sa position heureuse, un rôle important, même sous la domination punique ou musulmane. Les ruines romaines qui couvrent encore le sol dans toutes les directions témoignent assez de l'importance que le Peuple-Roi, ce grand maître en hygiène et en colonisation, attachait à l'occupation et à la prospérité de cette riche province.

Après avoir réparé leurs forces et goûté les distractions de tout genre que leur aura offert l'établissement thermal d'Hammam-Meskhoutine, les archéologues et les voyageurs, curieux d'étudier l'Algérie ancienne et pittoresque, pourront, avant de rentrer dans leurs foyers, diriger leurs pas vers le sud et recueillir, dans ce rapide voyage, une ample moisson de sensations nouvelles. A une ou deux journées de marche, ils s'arrêteront, saisis d'horreur et d'admiration, sous le rocher presque inaccessible de Constantine, nid d'aigle où Jugurtha avait assis sa domination et qui n'a succombé qu'au deuxième effort de nos héroïques légions. Aujourd'hui que le flot européen et civilisateur submerge peu à peu et tend à faire disparaître tous les éléments anciens de la société arabe, on retrouvera dans les murs de la vieille Cirta l'aspect véritable d'une ville indigène avec sa population kabyle, son commerce, ses mosquées et ses rues que notre marteau n'a pas encore complètement dénationalisées.

Un peu plus loin, sur la route de Batna, on ira visiter le Medrasen, considéré par quelques-uns comme le tombeau de Syphax, le plus grandiose des monuments de l'Afrique après les Pyramides. Devons-nous oublier les immenses ruines de Lambesa, à quelques pas de Batna ; plus loin, El-Kantara, Biskra avec ses palmiers, et le Sahara, enfin, le désert ? Quelques jours suffiront à cette intéressante odyssée que nous indiquons ici comme le complément pittoresque d'une saison d'eaux à Hammam-Meskhoutine. Nous avons vu des jeunes filles, de frêles ladyes allant chercher des croquis pour leurs albums jusqu'à cette mer de sables. Ceux qui sortiront régénérés de nos piscines pourront bien les imiter sans effort. Ils ne retourneront ainsi en Europe qu'avec une santé plus robuste et l'imagination enrichie des souvenirs encore tout palpitants d'un tel voyage.

Quelques mots encore avant de terminer cette étude sur les propriétés des eaux d'Hammam-Meskhoutine et sur le succès de l'établissement qu'il est opportun d'y fonder. Dans le développement des considérations que le sujet nous paraissait comporter, nous avons entretenu nos lecteurs du profit que cette contrée était appelée à retirer de la réalisation du projet dont nous avons pris l'initiative ; mais, qu'on ne s'y méprenne pas, nous n'avons été mû dans cette circonstance ni par un misérable intérêt de clocher, ni par le dessein de jeter une affaire industrielle en pâture à des capitaux disponibles, — avant tout nous sommes resté médecin, et nous avons convié les souffreteux, les impotents de tous les pays à participer au bénéfice d'une médication minérale et d'un climat dont les excellents effets ne peuvent être aujourd'hui un doute pour personne. — Avant tout, nous n'avons vu dans ce projet qu'un soulagement de plus à apporter aux maux et aux souffrances de l'humanité.

Comme algérien, cependant, nous aurions le droit de nous réjouir de la création nécessaire que nous sollicitons ; de nous applaudir de ce nouveau pas dans la carrière du progrès et de dire à la mère-patrie :

« Longtemps on a douté de l'Algérie et des efforts tentés sur les champs de bataille, dans les cités, dans les campagnes, pour en faire une autre France, riche, elle aussi, industrieuse et respectée. Longtemps elle a été calomniée. »

On disait à notre armée : « Tu ne désarmeras jamais le Kabyle ; tu n'occuperas jamais complètement l'Algérie ; » et aujourd'hui le Kabyle est notre ami, et c'est de cette Algérie pacifiée que partirent les légions dont l'Alma, Inkermann et Sébastopol rediront toujours les exploits.

On disait à nos colons, à nos pionniers, à notre conquête agricole, enfin : « Vous ne produisez pas ; vous êtes à charge à la métropole ; vous nous coûtez autant d'or que de sang, » et voilà que la disette affamant l'Europe, nous vous avons ouvert cet inépuisable grenier et détourné de vous les coups d'une effroyable crise.

On disait à notre sol : « Tes flancs recèlent la mort ; tes miasmes tuent ; » et ce sol ouvre ses entrailles et laisse échapper des flots qui guérissent les blessures, apaisent les douleurs et renouvellent les sources épuisées de la vie.

C'est cette dernière preuve que nous demandons à fournir aux détracteurs du progrès algérien, au nom de l'humanité.

FIN.

TABLE.

ERRATA.

Page 22, ligne 2, *au lieu de* Djebel-Deback, *lisez* Djebel-Debar.
    42, ligne 4, *au lieu de* artrite, *lisez* arthrite.
    87, ligne 7, *au lieu de* 52 pour 100, *lisez* 62 pour 100.

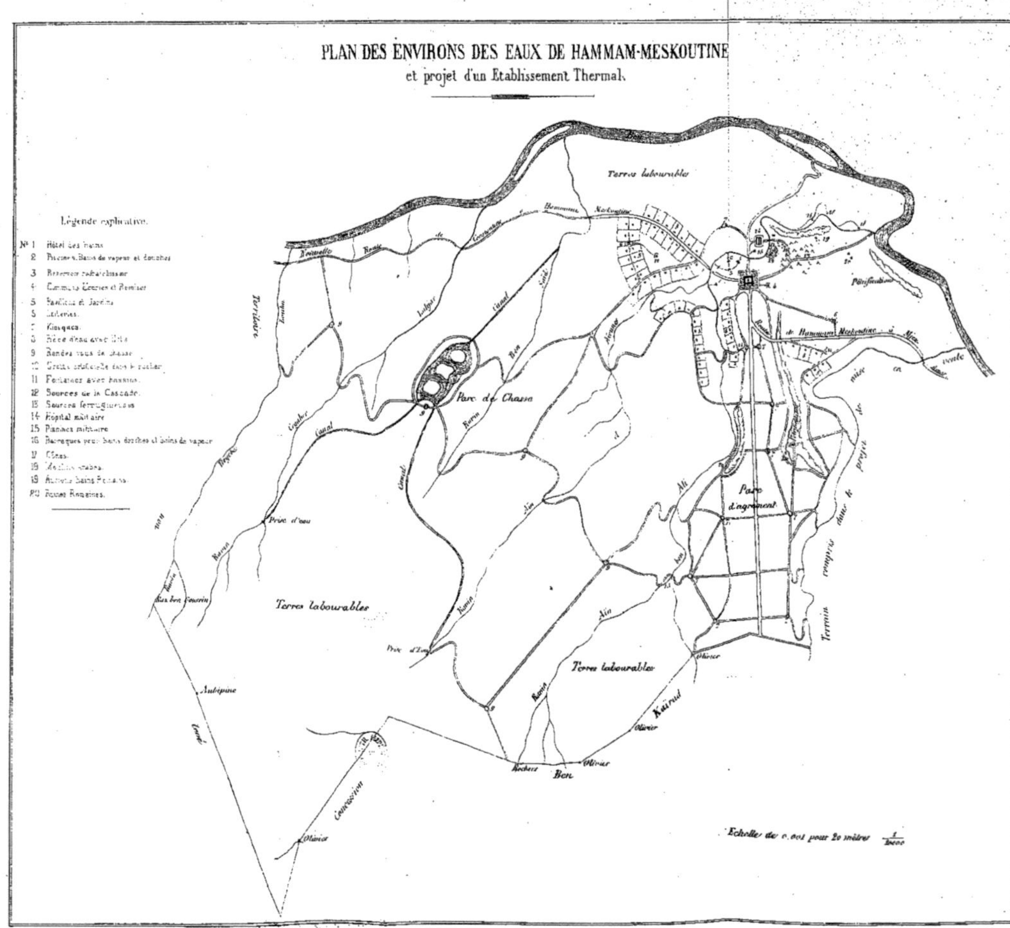

Dressé par Lance.

Imp. Villain, Paris.